SE

Enredos y mentiras

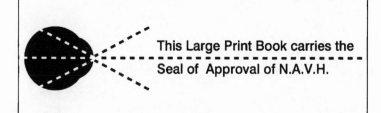

This Large Print Book carries the
Seal of Approval of N.A.V.H.

Enredos y mentiras

Anne Mather

Thorndike Press • Waterville, Maine

Título original: Alejandro's Revenge
Publicada originalmente por Mills & Boon, Ltd., Londres.

Todos derechos reservados.

Todos los personajes de este libro son ficticios. Cualquier
parecido con alguna persona, viva o muerta, es pura
coincidencia.

Published in 2004 by arrangement with Harlequin Books S.A.
Publicado en 2004 en cooperación con Harlequin Books S.A.

Thorndike Press® Large Print Spanish.
Thorndike Press® La Impresión grande española.

The tree indicium is a trademark of Thorndike Press.
El símbolo del árbol es una marca registrada de Thorndike
Press.

The text of this Large Print edition is unabridged.
El texto de ésta edición de La Impresión Grande está
inabreviado.

Other aspects of the book may vary from the original edition.
Otros aspectros de éste libro podrían variar de la edición
original.

Set in 16 pt. Plantin.
Impreso en 16 pt. Plantin.

Printed in the United States on permanent paper.
Impreso en los Estados Unidos en papel permanente.

Library of Congress Cataloging-in-Publication Data

Mather, Anne.
   [Alejandro's revenge. Spanish]
   Enredos y mentiras / Anne Mather.
     p. cm.
   ISBN 0-7862-6801-8 (lg. print : hc : alk. paper)
   1. Large type books. I. Title.
PR6063.A84A7918 2004
823'.914—dc22   2004051711

Enredos y mentiras

Capítulo Uno

La radio no paraba de hablar de la temperatura de Miami, las máximas y las mínimas, la humedad, etc... A Abby la humedad le daba igual y el calor era algo subjetivo, al fin y al cabo.

Cuando media hora antes había salido del aeropuerto, le había sorprendido la intensidad de la luz del sol. No había tardado mucho en ponerse a sudar, pero en aquella lujosa limusina se estaba helando de frío con el aire acondicionado.

Solo quería llegar al hotel y tumbarse hasta que se le pasara el dolor de cabeza.

Algo que, evidentemente, no iba a poder hacer. La llegada de la limusina, que no debía de ser de Edward, lo dejaba claro.

En lugar de Lauren dándole la bienvenida se había encontrado con un chófer que no parecía muy inclinado a darle conversación.

Al principio, cuando el vehículo se había alejado del aeropuerto y se había adentrado en las calles de la ciudad, no se había preocupado, pero, al ver que iban en dirección sur y se alejaban del hospital en el que su hermano la esperaba, se había empezado a inquietar.

Por lo que recordaba de su primera y única visita a aquella ciudad, iban hacia Coral Gables.

Las únicas personas conocidas que vivían allí eran los padres de Lauren.

«Y Alejandro Varga», le recordó su memoria. Pero ella se apresuró a ignorarla.

Si iban hacia casa de los Esquival, tal vez, le podrían decir si el estado de su hermano era grave o no. Debía de ser que Lauren, su esposa, había elegido quedarse en casa de sus padres mientras su marido estaba ingresado.

Miró por la ventanilla ahumada y disfrutó del paisaje. Varios yates salían a navegar y había palmeras por todas partes. Aquella parte de la ciudad era preciosa.

Coral Gables era uno de los barrios más antiguos de Miami y, como ponían de relieve sus plazas y fuentes, tenía clara influencia española.

Allí vivían varias de las familias más ricas del país, tal y como le habían repetido los Esquival una y otra vez.

Al pensar en ellos, se preguntó por qué no habría ido nadie a recibirla al aeropuerto. ¿Habría ocurrido algo? ¿Por qué la llevaban a su casa y no al hospital a ver a su hermano?

¿Habría muerto?

«¡No, no puede ser!», se dijo horrorizada.

Había hablado con él hacía dos días. De hecho, él mismo le había contado que estaba hospitalizado porque había tenido un accidente de tráfico, pero no le había dicho en ningún momento que estuviera grave.

Estaba molesto y enfadado, sí, pero era comprensible, ya que Edward seguía sintiéndose como un extranjero aunque era ciudadano estadounidense.

Abby suspiró.

Algo le decía que aquella visita no iba a ser fácil y volver a casa, tampoco. Ross, su prometido, se había enfadado mucho cuando le había dicho que tenía que ir a ver a su hermano porque decía que ya era hora de que Edward creciera y se responsabilizara de sus acciones en lugar de andar llamando a su hermana siempre que tenía problemas.

«Ya no es así», pensó Abby.

Era cierto, sin embargo, que de jóvenes había tenido que pagar sus deudas en más de una ocasión.

A los diecinueve años, había decidido irse a Estados Unidos a estudiar. A Abby le había parecido una locura al principio e incluso se había llegado a plantear si no habría sido porque Selina Steward se había ido a Florida.

Nunca se lo había dicho, pero su decisión le había causado una pena inmensa, ya que Edward era el centro de su vida. Abby siempre estaba pendiente de él, intentando suplir a la madre que apenas recordaba. Cuando él se fue de Inglaterra, solo le quedó su trabajo como profesora.

Consiguió sobrevivir y se alegró al ver que Edward se aclimataba bien a su nuevo país. Se aclimató tan bien, que un día llamó para anunciarle que se casaba con la hija del dueño del restaurante en el que trabajaba. ¿Qué más daba que solo hiciera unos meses que se conocían? Se iban a casar e insistió en que Abby debía ir a su boda...

No merecía la pena recordar lo que había pasado después de la boda. Debía concentrarse en por qué había vuelto. ¿Cómo estaría Edward?

Si le hubiera pasado algo, jamás se lo perdonaría. Aunque, por otra parte, tenía veintidós años y sabía lo que hacía, ¿no? Aun así, siempre sería su hermano pequeño y su instinto maternal la llevaba a preocuparse día y noche por él.

Aquello era algo en lo que prefería no pensar.

Se acarició el dedo en el que resplandecía el anillo de compromiso de Ross. Llevaban comprometidos desde navidades y se conocían desde antes de que Edward se hubiera ido a Estados Unidos tres años atrás.

Y ahora habían discutido precisamente por Edward. Según Ross, salir corriendo para estar junto a su cama era una locura. Se iban a casar en seis meses y no tenían dinero para tirarlo en billetes de avión. Nada hacía pensar que Edward estuviera grave, así que su decisión era una estupidez.

No la había llamado estúpida, por supuesto, pero le había dicho que, cuando se casaran, las cosas iba a cambiar. No podía seguir comportándose como si tuviera que llevar a su hermano de la manita.

Abby hizo una mueca. «Cuando se casaran». Aquellas palabras tenían en Miami menos fuerza que en Londres.

Se dijo que no era porque no quisiera a Ross. Debía de ser que llevaba demasiados años soltera. ¿Por qué le costaba tanto imaginarse compartiendo su vida con un hombre?

¿Quizás por culpa de Alejandro Varga?

Se apresuró a volver a apartar aquel nombre de su cabeza. Al igual que el abandono de su madre y la muerte por cirrosis de su padre al poco tiempo, aquel hombre era agua pasada.

No tenía cabida en su vida.

Ella solo había ido a ver a Edward.

¿Y si Alejandro también se presentaba en el hospital?

Al fin y al cabo, era primo de su mujer.

No, era poco probable. No eran más que parientes lejanos.

Además, estaba casado.

Sintió un nudo en la garganta y se alegró al notar que el coche estaba disminuyendo la marcha. Miró por la ventanilla y reconoció la zona de Miami en la que los Esquival tenían su casa, un bonito edificio rodeado de césped y un gran muro que los aislaba de los curiosos.

–¿Es la primera vez que viene a Miami, señora? –le preguntó el conductor de repente.

–No, la segunda –contestó Abby preguntándose por qué la habría llamado señora.

¿Tan mayor parecía?

–Así que ha estado antes en casa de los Esquival...

–Sí. ¿Vamos allí? ¿Y mi hermano? ¿No vamos al hospital? –preguntó preocupada–. ¿Sabe usted si está bien?

–No lo sé –contestó el conductor–, pero pronto lo verá usted y se lo podrá preguntar en persona porque está en casa de los Esquival.

–Me habían dicho que estaba ingresado...

–Se habrá curado.

Abby recordó las palabras de Ross y se dijo que, tal vez, tendría que haber hablado con los médicos de Edward antes de montarse en el primer avión que había encontrado y haber corrido a su lado.

Habían llegado a unas enormes verjas, el conductor bajó la ventanilla para decir al guardia de seguridad quiénes eran y los dejaron entrar.

Abby estaba nerviosísima. Solo pensaba en ver a su hermano. Cuando el coche se paró, una doncella de uniforme le abrió la puerta.

–Gracias –dijo Abby notando al instante el calor de la ciudad aunque solo estaban en marzo.

–Bienvenida a Miami, señora –la saludó

la doncella mientras el conductor sacaba su equipaje del maletero–. Acompáñeme –le indicó haciéndose cargo de su maleta y conduciéndola hasta el interior de la casa.

Una vez dentro, Abby se apartó los rizos pelirrojos de la cara. Estaba cansada del vuelo, pero eso no le impidió volver a admirar la preciosa casa.

–¡Abigail! –dijo una voz suave y dulce a sus espaldas.

Se giró y vio a la madre de Lauren saliendo del salón.

–Bienvenida a Florida –la saludó la elegante mujer con dos sonoros besos al aire–. Espero que hayas tenido buen viaje.

–Sí, gracias –contestó Abby sintiéndose rara.

La madre de Lauren se estaba comportando como si estuviera allí de vacaciones.

–Nos alegramos mucho de que hayas venido.

–Sí, pero...

La madre de Lauren la ignoró y se puso a darle indicaciones a la doncella. Al ver que le decía que subiera sus maletas a una de las habitaciones, Abby protestó, ya que no quería abusar de la hospitalidad de los Esquival.

–Por aquí –dijo la madre de Lauren ignorándola de nuevo–. Supongo que querrás ver a tu hermano. Todo el mundo está aquí.

Más tarde, ya instalada en la misma suite que había ocupado en su primera visita a Florida, se preguntó cómo había podido dudar que Alejandro fuera a estar allí. Ella creía que era un pariente lejano al que habían invitado a la boda por educación. No tenía ni idea de que estuviera tan unido a la familia ni que Lauren lo tratara con un sentimiento de posesión tan exagerado.

Había seguido a Dolores Esquival por el pasillo y, al llegar al salón, había visto con alivio a su hermano tumbado en un diván.

Tenía una pierna escayolada y no se podía levantar, así que corrió a su lado.

–Oh, Eddie –dijo con lágrimas en los ojos–. ¿Qué te ha pasado? –añadió besándolo.

–Hola, Abbs –dijo su hermano agarrándola de la mano–. Menos mal que has venido –añadió en voz baja.

Abby lo miró extrañada, pero no le dio tiempo a preguntarle nada porque oyó una voz conocida a sus espaldas.

–Hola, Abigail, cuánto me alegro de... verte.

Abby se giró y vio que era Luis Esquival, el padre de Lauren.

–¿Has tenido un buen vuelo?

Abby estaba confundida. ¿Por qué le había dicho Edward lo que le acababa de decir? Obviamente, su hermano no estaba grave. No le pasaba nada. A Ross le iba a encantar aquello.

–Sí –consiguió contestar–. Estoy un poco cansada, pero el vuelo ha ido bien –admitió.

Miró a su alrededor esperando ver a su cuñada, pero Lauren no estaba allí. Vio a una mujer mayor sentada junto a una planta de interior y a un hombre alto vestido de negro en las sombras.

Le daba igual. Solo quería hablar con Lauren y saber por qué su hermano la había mandado llamar con tanta urgencia.

–Nos sorprendió mucho que tu hermano nos dijera que ibas a venir a verlo –continuó Luis Esquival–. Como ves, ya está bien.

Abby miró a su hermano, que de repente estaba muy interesado en su escayola.

–Sí... eh... bueno, pensé que...

–Seguramente, Abigail se preocupó mucho al enterarse del accidente de su hermano –dijo el hombre de negro con aquel tono de voz seductor y suave que ella recordaba tan bien–. Hola, Abigail –añadió Alejandro sonriente–. ¡Me alegro mucho de verte!

Capítulo Dos

Canalla repugnante!

¿Lo había dicho en voz alta? Miró a su alrededor y vio que nadie había puesto cara rara, así que aquellas palabras no debían de haber salido de su cabeza.

Menos mal.

Todos esperaban que lo saludara, así que no tuvo más remedio que hacerlo.

–Señor Varga –le dijo sonrojándose.

Se enfadó consigo misma al darse cuenta de que estaba alabando mentalmente su belleza caribeña.

Exactamente igual que durante los últimos dos años.

Por mucho que lo odiara, su belleza seguía persiguiéndola.

Lo vio enarcar las cejas y no pudo evitar fijarse en aquellos ojos que una vez creyó negros y que un examen más cercano descubrieron marrones oscuros.

Su estatura era herencia de su madre estadounidense, pero todo lo demás en él era cubano, como su padre. Iba impecablemente vestido, con un traje italiano, y tenía un aspecto fuerte, invencible y tan dolorosamente conocido, que Abby sintió una punzada en el corazón.

Era evidente que no se arrepentía de lo que había pasado entre ellos y, pensándolo bien, ¿por qué iba a hacerlo? Para él, ella solo había sido la novedad, una distracción, la hermana mayor de Edward, que debería haber evitado liarse con un hombre como él.

Le estaba tendiendo la mano y no tenía más remedio que estrechársela. De lo contrario, los Esquival lo habrían tomado como un insulto.

Al sentir los dedos de Alejandro, no pudo evitar sentir un escalofrío por la columna vertebral.

Estaba en el salón de los suegros de su hermano, rodeada de gente, pero recordó aquellas manos fuertes y morenas recorriendo su cuerpo.

De repente, sintió un calor sofocante.

Apartó la mano y rezó para que nadie se hubiera dado cuenta de su turbación.

–No esperaba verlo aquí –le espetó.

–Alejandro se pasa aquí la vida –intervino Dolores–. Esta es su segunda casa, ¿verdad? –añadió acercándose y agarrándolo del brazo.

–Gracias a tu maravillosa hospitalidad –contestó Alejandro con educación.

Abby miró a su hermano y vio que ponía mala cara.

Obviamente, no apreciaba a Alejandro y Abby se preguntó por qué sería. Edward no sabía casi nada de lo que había habido entre ellos y, además, le convenía llevarse bien con él porque Alejandro era uno de los hombres más poderosos de Miami.

«¿Por qué se está comportando Edward de esta forma tan rara?», se preguntó Abby preocupada.

En ese momento, oyó pasos en el pasillo. Todos miraron hacia la puerta.

Era Lauren, con un traje de flores que le rozaba las corvas al andar y unas sandalias de tacón de vértigo.

La joven miró a Alejandro y sonrió, pero su educación le hizo hacer ver que su sonrisa iba dirigida a su cuñada recién llegada.

–Abigail –dijo abrazándola–. No sabía que hubieras llegado ya.

Abby la saludó con cariño también.

A pesar de las sandalias de tacón, Abby era más alta que Lauren y tenía muchas más curvas.

¿Por qué había pensado eso?

Obviamente por Alejandro.

—¿Por qué no me habías dicho que ibas a venir? —dijo Lauren, yendo a saludarlo.

—¿No te lo había dicho? —dijo Edward en voz baja.

¿Qué le pasaba a su hermano? ¿Acaso tenía celos de Alejandro? ¡Pero si estaba casado!

Claro que eso no le había impedido...

—No iba a venir —contestó Alejandro—, pero tenía que hablar de negocios con tu padre. Al enterarme de que Abigail iba a llegar, me quedé para saludarla —añadió mirándola.

—¡Qué educado por tu parte! —gruñó Edward en voz baja.

Menos mal que la única que lo había oído había sido Abby.

—Alejandro insistió en mandar a su chófer a buscarla al aeropuerto —intervino Dolores.

Abby lo miró con los ojos muy abiertos.

—Es todo corazón —dijo Edward aquella vez en voz alta.

Abby no sabía qué decir. Era obvio que a su familia política no le hacía gracia que Edward hiciera aquel tipo de comentarios.

—Perdona a Edward —dijo Luis mirándolo con enfado—. Me temo que el accidente no le ha mejorado el carácter —añadió—. Ven,

21

Abigail, te voy a presentar a mi tía.

La condujo al otro lado de la estancia, donde estaba la mujer mayor sentada bajo los rayos del sol.

—Tía Elena, esta es la hermana de Edward —le dijo tocándole el hombro con cariño—. Ha venido para pasar unos días con nosotros.

La tía Elena era mayor y tenía la cara arrugada, surcada por mil arrugas, pero sus ojos eran vivarachos como los de una adolescente.

—Encantada —dijo alargando la mano—. Te llamas Abigail, ¿verdad? Sí, Edward me ha dicho que venías huyendo del invierno inglés, ¿verdad?

¡Mentira!

Una vez más, Abigail tuvo que morderse la lengua.

—¿Quién no iba a querer pasarlo aquí? —sonrió—. Es todo... precioso.

—Eres realmente educada —observó la tía Elena—. Luis, deberías contratarla como relaciones públicas de tu nuevo hotel.

—Puede que tengas razón —contestó Luis educadamente—. Abigail sabe que es siempre bienvenida.

¿Ah, sí?

Abigail tenía la impresión de que a los

Esquival no les hacía mucha gracia su presencia. ¿Por qué sería? ¿Y por qué la había hecho ir su hermano si, obviamente, no tenía nada grave?

Abby dejó a un lado sus pensamientos y salió al balcón.

No le gustaba sentirse como una intrusa, sobre todo porque ella no había querido ir.

¿Por qué tenía aquella sensación? Los Esquival se habían portado a las mil maravillas. Una doncella les había servido té con hielo antes de acompañarla a su habitación y, gracias a la tía Elena, no había tenido que hablar ni con Alejandro ni con su hermano.

¿Para qué le habría hecho ir Edward? Estaba segura de que su hermano le había ocultado algo, pero no era sobre su accidente, eso era evidente.

Oyó voces bajo ella y sintió un escalofrío. No oía lo que estaba diciendo, pero habría reconocido aquella voz en cualquier lugar.

Era Alejandro. Se iba y los Esquival habían salido a despedirlo.

Abby miró hacia abajo nerviosa. Sabía que no debería espiar, pero no podía moverse. Habría dado cualquier cosa por saber lo que estaba diciendo Lauren. La actitud misteriosa de su cuñada la intrigaba.

Todos estaban encantados de tener allí al hombre que ella jamás había creído volver a ver y Alejandro sonrió y les dijo adiós con la mano antes de dirigirse a su coche.

Ahora entendía por qué el conductor se había ido tras dejarla a ella allí. Estaba claro que a Alejandro le gustaba conducir su maravilloso deportivo.

Abby se dijo que era un alivio que no se quedara a cenar con ellos, pero no pudo evitar cierta nostalgia al verlo partir.

Apartó aquel pensamiento de su cabeza y se metió en su habitación. ¿No debería ella irse también? Había un vuelo a Londres al día siguiente a la misma hora. Debería irse. Se lo debía a Ross y a su jefe. No debía abusar de su confianza.

Sin embargo, debía mostrarse lo más encantadora posible lo que quedaba de noche, así que abrió la maleta y se dispuso a ducharse y a ponerse algo femenino.

¿Como qué?

Hizo una mueca. ¿Por qué se sentía obligada a vestir de manera más femenina? ¿Quizás porque Lauren y su madre lo hacían?

Pero si ella siempre se había encontrado

muy satisfecha en vaqueros y camiseta. Nunca le había importado la moda.

Suspiró.

Aquel viaje iba a ser un rotundo desastre. Lo sabía. Sintió ganas de estrangular a su hermano por haberla metido en semejante embrollo.

En ese momento, llamaron a la puerta. Dejó sobre la cama los dos vestidos que había sacado de la maleta y fue a abrir.

Era Edward. Llevaba muletas y parecía avergonzado. Abby se echó a un lado y lo dejó pasar.

—¿Estás enfadada conmigo? —le preguntó con cara de perrito apaleado.

Abby tomó aire.

—¿Y qué si lo estoy? Me has hecho creer que te había pasado algo grave, Eddie. Estaba muy preocupada y llego aquí y me encuentro que no te pasa nada.

—Yo no diría tanto.

—No te hagas el mártir. ¿Qué te has hecho? ¿Tienes el fémur roto? ¿Unos cuantos arañazos y moretones? No creo que te vayas a morir.

Edward se sentó en la butaca que había junto al balcón.

—¿Me estás diciendo que me tendría que estar muriendo para que hicieras el esfuerzo de venir a verme?

Abby suspiró.

–No es eso lo que he querido decir y lo sabes.

–¿De verdad? –dijo Edward a la defensiva.

–No vas a conseguir que me sienta culpable, te lo advierto. Te conozco demasiado bien. ¿Qué está sucediendo en realidad? No tengo tiempo de ponerme a jugar a las adivinanzas.

–¿Ya no te importa lo que me pase?

–¡Eddie! No me malinterpretes. Estoy encantada de volver a verte, pero tienes que entender que no estoy de vacaciones.

–Yo tampoco –susurró su hermano.

–Sabes a lo que me refiero. He tenido que pedir unos días en el colegio y Ross y yo...

–Me estaba preguntando cuándo saldría a relucir –la interrumpió recordándole lo mal que se llevaban.

Habían quedado los cuatro el año anterior, cuando Edward había llevado a Lauren a que viera dónde vivía antes. Abby había rezado para que su hermano y su novio se llevaran bien, pero no había sido así.

Ross había dicho que Edward era egoísta

e inmaduro y su hermano se había quejado de la actitud autoritaria de Ross. Abby le había explicado que Ross trabajaba con adolescentes problemáticos, pero aquello no había hecho más que complicar la situación.

No debería haber mencionado a su prometido.

–Lo cierto es que tienes razón –murmuró Edward–. No te he pedido que vengas solo por el accidente.

–¿Entonces? –preguntó Abby enarcando las cejas.

Edward suspiró.

–Quería hablar contigo sobre Lauren –contestó–. Creo que tiene un amante.

Capítulo Tres

Abby lo miró con los ojos muy abiertos.

—¿Estás de broma?

—No —contestó su hermano—. ¿No te parece lo suficientemente guapa como para tenerlo?

—No lo digo por eso. ¿De dónde te has sacado semejante idea? —le preguntó recordando lo contenta que se había puesto Lauren de ver a Alejandro.

Eran familia, pero le había parecido que su reacción era un poco exagerada.

—¿De dónde va a ser? Se pasa todo el día con Varga —contestó Edward confirmando sus sospechas—. Y ahora que estoy escayolado no sé dónde está la mitad del día.

—¿Me estás diciendo que tiene una aventura con... Alejandro?

—Sí. ¿Por qué te extraña tanto?

—Bueno, porque... está casado, ¿no?

—Ya, no.

—¿Ya, no? ¿Se ha divorciado? —preguntó Abby anonadada.

—Efectivamente. Yo siempre supe que

María era demasiado buena para él.

Abby no sabía qué decir. Lo último que quería era que su hermano creyera que le interesaba Alejandro. Aun así...

—¿Me estás diciendo que se ha divorciado por Lauren?

—No —contestó su hermano impaciente—. Eso fue hace tiempo. María y él tenían problemas ya antes de nuestra boda.

—¿De verdad?

Abby intentó ocultar su sorpresa. Creía recordar que Edward le había dado a entender que Alejandro era feliz en su matrimonio y que Dolores estaba muy afectada en su boda porque a María le había surgido una urgencia familiar y no había podido ir.

¿Qué urgencia familiar habría sido? ¿Su divorcio quizás?

Se dio cuenta de que su hermano la estaba mirando con una ceja enarcada y decidió disimular.

—¿Qué?

—Eso digo yo —contestó Edward—. ¿Qué pasa? ¿Por qué me miras así?

—¿Cómo?

—No finjas. Estabas pensando que no fue eso lo que te dije en su día, ¿verdad?

—No sé a qué te refieres —dijo Abby haciéndose la tonta.

–Sí, sí lo sabes. Admito que te dije que le iba bien en su matrimonio porque vi que te gustaba y no quería que tuvieras nada con un hombre como él.

–¿Me estás diciendo que me mentiste?

–No exactamente –contestó Edward a la defensiva–. No te mentí, solo exageré.

Abby sacudió la cabeza.

–¿Con qué derecho te metiste en mi vida?

–No nos vamos a poner ahora melodramáticos, ¿de acuerdo? –protestó Edward–. Lo tuyo con Varga no tenía muchas posibilidades de salir bien, ¿sabes? Sé que te gustó que te invitara a hacer turismo, pero es que estos tipos son así. Lo de flirtear lo llevan en la sangre y Varga es el peor. Nunca me ha caído bien. Creí que, después de la boda, desaparecería del mapa. ¡Tonto de mí! Es una presencia constante en nuestras vidas. Es uno de los mayores accionistas de la empresa de Luis. El hotel que quieren abrir para Navidad, del que te han hablado antes, lo financia él. Luis y él son socios. ¡Socios! ¿Cómo crees que me siento? El yerno de Luis soy yo, no él.

Abby estaba sorprendida. Tanto de las mentiras de su hermano como de la envidia que le tenía a Alejandro. No sabía qué pensar de la actitud que había visto en Lauren hacia Alejandro, pero, después de oír las palabras de Edward, nada de lo que le dijera le iba a parecer objetivo.

Se alegró de no haberle confiado jamás a su hermano lo que había sentido por Alejandro. Claro que, por otra parte, si lo hubiera hecho, Edward jamás la habría metido en aquel lío.

–Sigo sin entenderte. Está bien, entiendo que Alejandro viene regularmente, pero Lauren y tú no vivís aquí. Tenéis vuestro piso en Coconut Grove, ¿no?

–¡Cómo se nota que no sabes nada de las familias cubanas! –exclamó Edward exasperado–. Les encanta estar todos juntitos. Sí, tenemos nuestra casa, pero Lauren no está allí jamás. Mientras yo estoy en el trabajo, ella se viene aquí o… se va a otros sitios, ya me entiendes.

–¿Adónde?

–No sé, pero seguro que con Alejandro.

–Pero si es su primo –protestó Abby con el corazón en un puño.

–No exactamente. Es pariente lejano de su madre.

Abby suspiró.

–Aun así…

–Aun así, sé lo que digo –la interrumpió

31

Edward irritado—. Tendría que haberme imaginado que no me ibas a creer. Es por culpa de Ross, ¿verdad? Te ha puesto en contra mía.

—¡No digas tonterías! Ross nunca haría eso. Es simplemente que... ¿qué pruebas tienes?

—¿Qué más pruebas necesito? Ya los has visto juntos. Dime que de verdad no has pensado que se llevan demasiado bien para ser primos lejanos.

Abby se sentó en la cama. Estaba agotada. Aunque en Miami era por la mañana, para ella eran las once de las noche. ¡Y no había llamado a Ross como le había prometido! ¿Entendería su prometido que había tenido otras cosas en la cabeza?

Ross era lo último que le preocupaba en aquellos momentos. Lo peor era Alejandro. Ella, que había creído que iba a ser capaz de no pensar en aquel hombre que tantos quebraderos de cabeza le había dado, se encontraba con que ahora se los estaba dando a su hermano y que, precisamente por él, había sido por lo que Edward la había hecho ir.

No quería pensar en él, pero era imposible.

—¿Abbs?

Su hermano la miraba esperanzado. ¿Se habría parado alguna vez a pensar que tenía su vida, que no había nacido para ocuparse de él?

—Estoy cansada —contestó—. No sé qué quieres de mí exactamente, Eddie. Solo me voy a quedar un par de días. Si me vas a pedir que espíe a tu mujer...

—Eh, no te he pedido que vengas para eso —exclamó Edward impaciente—. No creo que se te diera muy bien. ¡No eres precisamente discreta!

Abby tomó aire.

—¿Sabes lo que te digo? Me están entrando ganas de llamar al aeropuerto y reservar billete para irme cuanto antes. Estás enfadado por lo de Lauren, pero eso no te da derecho a insultarme.

—No te estoy insultando —contestó Edward—. A lo que me refería era a que no pasas desapercibida, ¿sabes? Eres alta y pelirroja. Es imposible que no se fijen en ti.

—Si tú lo dices —suspiró Abby.

—Yo lo digo —dijo Edward intentando agarrarla de la mano—. Venga, Abbs, al menos podrías decir que te alegras de verme.

Abby sacudió la cabeza.

—Me gustaría saber para qué me has

hecho venir. Claro que me alegro de verte, pero si querías que te aconsejara me lo podías haber dicho por teléfono.

–¡A eso lo llamo yo dejar las cosas claras!

–¡Eddie!

–Muy bien, muy bien –dijo levantándose y yendo hasta el balcón con ayuda de las muletas–. Necesito que me ayudes.

–¿A qué? ¿Quieres volver a Inglaterra? ¿Es eso? –dijo Abby siguiéndolo–. ¿Quieres que te ayude a instalarte allí de nuevo?

–¡Claro que no! No quiero volver a Inglaterra, me gusta la vida que llevo aquí. Aquí tengo mi hogar y tengo un buen trabajo. Sería una locura irse de Florida.

–¿Entonces?

–Dame tiempo –protestó Edward–. No es fácil, ¿sabes? No quiero que pienses que no lo he pensado bien.

–¿Qué has estado pensando? ¡Eddie, me estoy empezando a poner nerviosa! ¿No me irás a pedir que hable con Lauren...?

–¿Con Lauren? –dijo escéptico mirando a su hermana–. No te escucharía. Nada malo que le puedan decir sobre Varga la afecta. Le entra por un oído y le sale por el otro.

–Me alegro porque no pensaba hacerlo. Venga, Eddie, ve al grano.

Edward se miró la escayola en busca de

inspiración.

–No te iba a pedir que hablaras con nadie –dijo por fin–. Lo que quiero es que hagas lo que sea necesario para quitarme a Varga de en medio.

Cuando Abby abrió los ojos, era casi de día. Su cuerpo seguía con el horario británico y, aunque le había costado mucho dormirse la noche anterior, no tenía ganas de seguir en la cama.

Aunque estaba cansada, su cerebro seguía funcionando y añadiendo más caos a su cabeza. Quería irse de allí y salir de aquel lío. ¿Qué iba a hacer, por el amor de Dios?

Habían pasado ya doce horas desde que su hermano le había soltado la bomba, pero seguía atontada. Se sentía traicionada. ¿Podría volver a confiar en Edward algún día?

¿De verdad le había pedido que utilizara su influencia sobre Alejandro? ¿Creía que le iba a importar algo lo que ella le dijera? Hacía dos años que no hablaba con el cubano. Dos años, muchas horas de dolor que no estaba dispuesta a revivir.

Además, hablar con Alejandro era solo una parte de lo que Edward quería. Tal y como le había dejado claro, las palabras no serían suficiente. Lo que realmente quería era que recuperase lo que algún día tuvo con él.

Lo que le estaba pidiendo su hermano era que consiguiera que Alejandro dejara de interesarse por Lauren.

En otras palabras, que lo sedujera.

¿Qué tipo de hermano le pedía a su hermana que hiciera algo así?

Abby apartó las sábanas y se puso en pie.

Tenía la sensación de que estaba en un sueño, pero, desgraciadamente, no era así.

Más bien, era una pesadilla.

Para colmo, la cena con los Esquival no había sido como esperaba. Era obvio que la familia de Lauren creía que se había autoinvitado a su casa.

—¿Cuánto te vas a quedar? —le había preguntado Dolores con educación pasándole un cuenco de frijoles y arroz—. Edward no nos ha dicho qué planes tienes exactamente.

«Como que no los sé ni yo», pensó Abby mirando a su hermano. Edward apartó la mirada una vez más.

—No lo sé —había contestado para fastidiarlo un poco—. Cuando Edward me contó que había tenido un accidente, decidí venir a verlo. Espero que no os haya importado.

–Claro que no –había contestado Luis–. Eres la hermana de Edward y siempre serás bien recibida en nuestra casa.

Abby había sonreído nerviosa e incómoda.

Había conseguido cenar a duras penas y, en cuanto terminaron, con la excusa del cansancio se había retirado a su habitación.

Su cuñada apenas había hablado con ella y se preguntó si Lauren sospecharía para qué había ido. Tampoco había hablado mucho con su marido, la verdad.

¿De dónde se habría sacado su hermano que su mujer tenía una aventura? No tenía ni idea, pero Edward le había asegurado que su felicidad estaba en juego y que no sabría qué hacer con su vida si Lauren lo dejaba.

Abby estaba segura de que era una exageración, pero lo cierto era que su hermano estaba triste.

Sacudió la cabeza. Aquella situación era increíble. ¿De verdad la había invitado porque Alejandro se hubiera interesado por ella un poco hacía dos años? ¿Cómo iba a conseguir que quisiera quedar con ella en lugar de con su prima? Sí, habían tenido una tórrida historia, pero no lo conocía de nada.

Aquello era ridículo.

Se iba casar con Ross.

Ya sabía que a Edward le caía mal, pero eso no quería decir que ella pudiera olvidarse de él y comportarse como una... ¡fresca!

Se puso los pendientes que había dejado en la mesilla la noche anterior y se dirigió a la ventana. Abrió las venecianas y salió a la brisa del alba.

El jardín estaba todavía a oscuras y se oía el rumor del agua de las fuentes.

Al cabo de un rato, volvió a entrar y se duchó.

Qué maravilla de baño, aquello era un lujo. Cuando se quedaba a dormir con Ross, solía ducharse con agua fría porque su novio no tenía en cuenta que el termo de agua caliente tenía un límite y él siempre se duchaba primero.

Recordó que tenía que llamarlo. Conociéndolo, ya habría comprobado que su vuelo había llegado bien. Eso la tranquilizaba, pero tendría que contarle lo que estaba sucediendo.

¿O no?

Suspiró y se preguntó qué debía hacer.

Si le decía que Edward no estaba grave, Ross le iba a decir que se volviera cuanto antes, que, la verdad, era lo que debería hacer. Todavía estaba a tiempo. Si le decía que no había sido para tanto y que se había equivocado yendo, no tendría que contarle los planes de su hermano.

Se preguntó por qué se lo estaba pensando tanto.

Retrasar su vuelta era darle a sus hermano falsas esperanzas. Era cierto que Lauren y él podían estar pasando por un bache, pero eso les pasaba a todas las parejas.

Ella no podía cambiarlo. Era cosa de Edward.

Tras la ducha, salió del baño como nueva y se miró en el espejo.

Al darse cuenta de que se estaba mirando no con sus ojos sino con los de Alejandro, se enfadó consigo misma.

¿De verdad le importaba lo que pensara de ella?

Capítulo Cuatro

Decidió llamar a Ross antes de secarse el pelo.

Enfundada en un albornoz, se sentó en la silla y marcó el número del colegio en el que ambos trabajaban.

–¡Abby! –exclamó–. ¿No me ibas a llamar anoche? Me quedé esperando hasta las doce, pero ya veo que se te olvidó.

–Sí, perdona –contestó Abby deseando que Ross no hubiera empezado la conversación quejándose–. No se me olvidó, pero es que… estoy en casa de los suegros de Eddie y las cosas están un poco… complicadas.

–¿Qué es lo que se ha complicado? ¿La situación de tu hermano?

–No, no, Edward está bien, pero…

–Pero no le van a dar el alta todavía, ¿verdad?

Aquella manía que tenía Ross de no dejarla terminar las frases le ponía cada vez más nerviosa.

–No, ya le han dado el alta. Eddie no está en el hospital –continuó con la intención de explicarle que estaban todos en casa de los padres de Lauren.

—Ah, ya entiendo —la volvió a interrumpir Ross—. Ya está en su casa, ¿entonces? Con Lauren, ¿verdad? Claro y es un piso pequeño. Supongo que, por eso, estás tú con sus suegros.

—No —explotó Abby—. Estamos todos aquí.

—Ah —dijo Ross—. ¿Y qué tal está tu hermano? ¿Cómo fue el accidente?

—Un conductor ebrio lo embistió de lado. Fue una suerte porque, si hubiera sido frontal, se habría matado.

—Obviamente, no se ha hecho nada grave si ya le han dado el alta —apuntó Ross—. Ya me lo temía yo. ¿Cuándo vuelves?

Que Ross diera por hecho que, si Edward no estaba grave, iba a correr a sus brazos, la descompuso. ¿Acaso no podía Ross entender que quisiera quedarse unos días con su hermano pequeño? Pronto iba a ser su cuñado. Ya podría preocuparse un poco más por él, ¿no? Aquella actitud de Ross la enfureció.

—No lo sé —contestó—. Creo que me voy a quedar unos días.

—¿Por qué? Tu hermano no necesita que estés ahí todo el día para agarrarle la mano. Está casado, Abby. De hecho, no sé si a

Lauren le habrá hecho mucha gracia que te hayas presentado allí de repente.

–No he venido a ver a Lauren –le espetó–. ¿No te das cuenta de que un accidente, aunque no haya sido grave, te estresa mucho?

Abby se preguntó a quién pretendía engañar. Edward estaba estresado, pero no era por el accidente.

–Muy bien –dijo Ross irritado–. Se me había olvidado lo delicado que es tu hermano –se rio–. Venga, Abby, no seas ilusa. Edward no te necesita allí. Solo está intentando molestarme. Estoy seguro de que le sentó muy mal que nos comprometiéramos.

–¿Lo dices en serio? –dijo Abby abatida–. Por Dios, Ross. No te he llamado para que te metas con mi hermano. Se ha llevado un buen susto, ¿de acuerdo? Necesita ayuda moral.

–¡Ayuda moral! Mira, Abby, a veces me pregunto cómo dejas que te tomen el pelo así de fácilmente. Tu hermano se aprovecha de ti, pero, cuando nos casemos, esto va a cambiar, ¿me oyes? Ya hablaré yo con él.

–A este paso, no sé si nos vamos a casar –le espetó deseando no haberlo llamado.

–¿Eh?

Pero Abby ya había colgado. Menos mal

que Ross no tenía el número de donde estaba. A veces, era insoportable. Ni siquiera le había preguntado qué tal el viaje.

¿Por qué no se mostraba comprensivo? ¿Por qué no entendía que se quisiera quedar con su hermano unos días? Si Ross se hubiera comportado de otra manera, seguramente estaría haciendo ya el equipaje para volver a su lado.

Pero no, iba a hacer todo lo contrario.

Decidió quedarse más días de lo que tenía previsto única y exclusivamente para que a Ross le quedara muy claro que no podía darle órdenes.

Miró el reloj y vio que eran casi las ocho.

Salió de su habitación para ir a ver si los Esquival estaban desayunando. Tal vez, Lauren anduviera por allí.

Hacía calor, así que se había puesto unos pantalones cortos y una camiseta de tirantes y se había recogido el pelo en una trenza.

No se había molestado en maquillarse. Con el calor que hacía sus mejillas ya tenían suficiente color. No como las piernas, que estaban muy blancas porque en Inglaterra era invierno y no había tenido ocasión de tomar el sol aquel año.

Menos mal que eran largas y delgadas.

«Demasiado delgadas», pensó mientras bajaba las escaleras.

Edward estaba loco si creía que tenía algo que hacer en comparación con su mujer.

No había nadie en la planta baja, así que siguió por el pasillo y llegó a la parte trasera de la casa. Allí había un jardín lleno de flores.

Aspiró el maravilloso aroma y se dirigió a la piscina. Se preguntó si la utilizarían ya porque, cuando había estado allí dos años atrás, nadie de la familia de Lauren se bañaba. Solo la tenían como un símbolo de su clase social, al igual que el gimnasio que había en el sótano y del que nadie hacía uso.

Se metió las manos en los bolsillos y vio una figura completamente vestida de negro en una de las tumbonas.

Era Alejandro.

—Hola, Abigail —la saludó levantándose—. Espero no haberte asustado. Creía que me habías visto.

«¿Te crees que he venido a hablar contigo?», pensó Abby decidiendo que, si lo hubiera visto, se habría metido en la casa a toda velocidad.

¡Qué madurez la suya!

–Eh... no –contestó–. Has madrugado, ¿eh? ¿Estás esperando a Luis?

–No –dijo Alejandro–. En realidad, nadie de la familia sabe que estoy aquí. Solo tú. ¿Te molesta?

–¿Por qué me iba a molestar? –preguntó confusa–. Claro que no me molesta –añadió pensando en su hermano.

–Bien –dijo Alejandro señalándole una tumbona–. ¿Quieres tomar algo conmigo?

Abby vio que había una bandeja con zumo de naranja y café. Había dos vasos y dos tazas. Obviamente, esperaba compañía.

«¿Lauren?», se preguntó.

No, no quería volverse paranoica como Edward. Sería que la doncella se había equivocado y, en lugar de desayuno para uno, había preparado café para dos.

–No sé... Estaba buscando a Lauren. ¿No sabrás dónde está? –aventuró.

–No creo que se levante antes de las doce –contestó Alejandro–. Lo siento. ¿De verdad no quieres tomarte algo conmigo?

Había dado un paso al frente y Abby tuvo que hacer un esfuerzo para no retirarse ante tanta masculinidad. Por mucho que hubiera querido negarlo, se le había erizado el vello y el corazón le latía aceleradamente.

–No sé... –repitió deseando poder comportarse con normalidad en su presencia.

¿Qué le ocurría?

Tras su aventura con aquel hombre, había aprendido muchas cosas. Desde luego, a no volver a confiar demasiado.

—No creo que pase nada porque nos tomemos un café —insistió Alejandro—. No te preocupes, Abigail. Solo quiero hablar contigo.

Abby se preguntó si debería sentirse aliviada.

—Muy bien —cedió por fin.

Si quería que Alejandro creyera que había superado lo ocurrido entre ellos dos años atrás, iba a tener que fingir un poco mejor.

—¿Dónde quieres que me siente?

—A la sombra, ¿no? —le indicó—. ¿Zumo de naranja o café?

—Café —contestó observando sorprendida cómo se lo servía.

¿Aquel hombre con el que estaba compartiendo un café era el mismo que la había seducido tras la boda de su hermano y no se había molestado ni en llamarla para ver qué tal había hecho el viaje de vuelta a Inglaterra?

¡Menudo sinvergüenza!

¿Acaso se había olvidado de contarle que

estaba casado?

Abby se recordó que todo aquello era agua pasada. Removió el café y se obligó a dejar de pensar en ello. Lo que debería preguntarse era por qué la había invitado a tomar café con él. ¿Por qué querría pasar tiempo con ella? La atracción que debió de sentir por ella en el pasado estaba muerta y enterrada.

Pero no pudo evitar recordar que una vez la deseó. Una vez quiso acostarse con ella... y lo consiguió.

«¿Y ahora qué?», se preguntó. «¿Me irá a pedir perdón?». No lo creía probable.

Se dio cuenta de que, aunque Alejandro se había servido un café solo, no lo había tocado. Estaba jugando con el anillo de oro que llevaba en el dedo meñique y Abby tuvo que hacer un esfuerzo para no fijarse dónde tenía colocadas las manos... en la entrepierna.

–Tienes buen aspecto, Abigail –dijo de pronto haciéndola dejar la taza en el plato más fuerte de lo que le habría gustado–. ¿Qué tal estás? Tengo entendido que sigues enseñando. ¿Te gusta?

–Tengo que ganarme la vida de alguna manera –contestó preguntándose qué le importaría a él lo que hiciera con su vida.

–Claro, por supuesto –sonrió–. Edward me mantiene al corriente de lo que haces.

¿De verdad? Abby lo dudaba sinceramente. Debía de ser que su hermano le contaba a su familia política cosas sobre ella y Alejandro se acababa enterando.

–¿Lo ves mucho? –le preguntó dispuesta a descubrir lo que pensaba de su hermano.

–¿No te lo ha dicho?

–Bueno... sé que Luis y tú tenéis... negocios –contestó en tono neutral–. Así que supongo que pasarás mucho tiempo aquí, ¿no? –aventuró.

Alejandro la observó detenidamente.

–¿Me estás preguntando educadamente si... vengo a verte a ti? –le preguntó por fin.

–¡No! –contestó Abby sonrojándose–. Lo que hagas o dejes de hacer no es asunto mío. Solo quería saber... qué hacías aquí tan pronto.

–Creía que ya te lo había dicho –dijo Alejandro enarcando una ceja–. Cualquiera diría que no me conoces. ¿Quieres que sigamos haciendo como si nunca hubiera habido nada entre nosotros?

Aquello era lo último que hubiera esperado en su vida. ¿No tenía vergüenza o era que le gustaba hacerla pasar un mal rato?

–Preferiría no hablar de aquello –contestó–. Fue un error que pronto olvidé.

Alejandro apretó los labios.

–¿De verdad? –dijo fijándose en su anillo de pedida–. Ya me había dicho Edward que había un otro hombre en tu vida.

¿Otro hombre?

Abby no sabía qué quería decir con eso, pero, desde luego, no estaba dispuesta a hablar de su vida privada.

Además, no se creía que su hermano le hubiera contado nada de ella. Aquello le hizo creer que las sospechas de Edward debían de ser ciertas. Debía de ser que entre Lauren y él había mucho contacto.

–¿Por qué me dices todo esto ahora? Por favor, no me digas que te interesa de verdad mi vida. Me parece que ya es demasiado tarde para lavarte la conciencia a estas alturas.

–¿Para lavarme la conciencia? –dijo Alejandro sorprendido–. Supongo que tu hermano te habrá dicho que no tengo conciencia, pero tú eres diferente. Y me sigues pareciendo atractiva, te lo aseguro.

Abby se quedó tan anonadada, que no pudo contestar. ¿Habría adivinado por qué Edward la había hecho ir? ¿Sería cierto que estaba teniendo una aventura con Lauren?

–Mi hermano ha tenido un accidente...

He venido solo por eso –le aseguró.

–Si tú lo dices, me lo creo, pero a mí me parece que tu hermano tiene otros planes para ti.

Abby tragó saliva.

–No sé a qué te refieres.

–Edward se ha hecho una fractura de nada y, desde luego, su vida no está en peligro.

–Ya, pero se ha llevado un susto de muerte –protestó–. Se podría haber matado...

–Pero no se ha matado –la interrumpió Alejandro recordándole a su prometido–. Fue un buen golpe, pero el coche ni siquiera quedó siniestro total.

Abby se puso en pie.

Daba igual lo que Edward esperara de ella. Alejandro debía de haberse dado cuenta de los planes de su hermano. ¿O estaría solo lanzando globos sonda?

¿Y por qué, cuando le había dicho que seguía interesado en ella, se había enfadado? Eso era precisamente lo que Edward quería.

–Si me perdonas... –dijo dirigiéndose a las escaleras.

Alejandro le cerró el paso.

–No te puedes ir –le advirtió–. No hemos

terminado de hablar. A Edward no le va a gustar que no obtengas resultados positivos.

—¿Cómo te atreves? —dijo alargando la mano para abofetearlo.

Alejandro fue muy rápido y le agarró la muñeca al vuelo.

—No —le dijo—. Si tu hermano quiere que lo ayude, va a tener que hacerlo mejor, preciosa. Siento mucho utilizar estos métodos, Abigail, pero no he sido yo quien ha puesto las reglas.

Capítulo Cinco

Abby no sabía cómo había conseguido alejarse de Alejandro con la dignidad intacta. Su primer impulso había sido soltarse y correr al interior de la casa, pero se había dado cuenta de que él era mucho fuerte, así que era imposible.

Jamás conseguiría soltarse si él no quisiera dejarla ir.

No sabía de dónde había sacado fuerzas para mirarlo a los ojos con firmeza y, al final, había conseguido que la soltara sin decir nada.

Sabía que aquello no había terminado.

Allí pasaba algo de lo que ella no tenía ni idea. Tenía que hablar con Edward y averiguar de qué se trataba.

No había tenido suerte. Ni rastro de su hermano.

Tras entrar en la casa, había corrido al baño a refrescarse y había desayunado sola. La doncella le había dicho que el señor Esquival ya se había ido a trabajar y que la señora Esquival no solía desayunar.

Abby no supo si alegrarse o no.

Tampoco había rastro de Alejandro. Eso sí que era un alivio. Preguntó por su hermano y su mujer y la doncella le dijo que solían desayunar en sus habitaciones.

Al final, se tomó unos huevos revueltos.

Al terminar, se dio cuenta de que tenía toda la mañana por delante y no sabía qué hacer. Estaba nerviosa, pero no le apetecía nadar. Con solo pensar en la piscina, se acordaba de lo que había ocurrido allí dos horas antes.

Hasta que Edward se dignara a aparecer, no podía hacer nada más que esperarlo.

Subió a su habitación y colocó su ropa ordenadamente en el armario. Aunque tuviera muchas ganas de irse, lo único que conseguiría dejándola en la maleta iba a ser que se arrugara todavía más.

Una hora después, estaba de nuevo abajo paseándose por la terraza y preguntándose cuándo la iba a honrar su hermano con su presencia.

Entonces, apareció Dolores y se quedó mirándola como si no supiera qué hacer con ella. Era obvio que tenía intención de salir porque estaba arreglada.

—Buenos días —la saludó Abby educadamente—. Hace un día maravilloso.

—Sí, ¿verdad? —contestó sin mirar siquiera

al cielo–. ¿Va todo bien?

«Todo lo bien que puede ir dadas las circunstancias», pensó Abby.

–Sí, sí, todo muy bien –contestó sin embargo–. Espero que mi presencia en su casa no les haya molestado, señora Esquival. Estaba preocupada por mi hermano.

Dolores negó con la cabeza.

–Claro, no pasa nada –le aseguró–. Nosotros también nos preocupamos. Menos mal que se está recuperando bien. Seguro que pronto volverá a andar con normalidad.

–Sí –dijo Abby agradecida por su comprensión–. De hecho, lo estoy esperando.

–Pero si no está –exclamó su anfitriona sorprendida–. Creí que lo sabías. Anoche entraron en el piso de Edward y Lauren. Los llamó la policía y tuvieron que ir para allá.

–¡Oh, no! ¿Se han llevado algo de valor?

–No lo sé. Fue una suerte que no estuvieran allí.

–Desde luego –contestó Abby–. ¿Puedo hacer algo?

–No creo, ya se ocupará Luis de todo, no te preocupes. Lo que no sé es si será seguro que Lauren vuelva a vivir allí. Ya hablaremos de ello cuando Edward pueda andar.

Abby se dio cuenta de que no mencionaba a su hermano, pero se dijo que era normal que estuviera más preocupada por su hija. Al fin y al cabo, era la única que tenían.

–¿Cuándo van a volver? –murmuró.

–No tengo ni idea –contestó Dolores–. ¿Te quieres venir conmigo? Tengo cita en la modista a las doce y media, pero luego podemos comer por ahí juntas. Hay un restaurante cubano justo al lado en el que se come muy bien. Tendrías que cambiarte –añadió fijándose en su indumentaria–, pero, así, verás un poco la ciudad.

Abby hubiera preferido decir que no. Lo que quería era hablar con su hermano. No le gustaba sentir que era una carga para nadie.

–No... me gustaría estorbar –contestó.

Pero Dolores insistió.

–No estorbas en absoluto –le aseguró–. ¿Te bastan veinte minutos para cambiarte?

«No», contestó Abby mientras rebuscaba entre su ropa. Se pusiera lo que se pusiera, iba a ir fatal. ¿Por qué no había dicho que le dolía la cabeza?

Quince minutos para bajar presentable.

Si hubiera ido sola, no se habría cambiado, pero obviamente a Dolores no le había parecido que fuera apropiadamente vestida para ir a la ciudad.

¿Qué podía ponerse que no fueran los pantalones cortos? ¿Un vestido de tirantes de noche? Igual de inapropiado. ¿Qué tal pantalón y la chaqueta de ante?

Sí, era su conjunto preferido.

Se soltó y cepilló el pelo y se miró al espejo. Iba a pasar un poco de calor, pero era lo único que tenía.

Cuando Dolores la vio, no pareció que le gustara mucho su elección, pero Abby sonrió y tomó aire.

—Lista —dijo fijándose en el maravilloso traje azul turquesa que llevaba Dolores y que debía de haberle costado más que todo su guardarropa—. Estás muy guapa.

—Muchas gracias —contestó Dolores sinceramente—. ¿Nos vamos?

Fueron a un centro comercial pequeño y exclusivo al que llegaron de milagro porque Dolores conducía como una loca y se cambiaba de carril sin poner el intermitente.

Cuando llegaron, Abby tenía tanto calor, que no dudó en quitarse la chaqueta y quedarse en manga corta. Dolores la miró de reojo y Abby no dijo nada. Si no le gustaba su decisión era su problema, pero ella no estaba dispuesta a asarse de calor.

El guardia de seguridad les dio los buenos días con una sonrisa.

—Buenos días, señora Esquival —dijo con un movimiento de cabeza abriéndole la puerta—. ¿Cómo está usted?

—Muy bien, gracias, Tomás —contestó Dolores sin prestarle apenas atención—. Abigail, espérame por aquí dando una vuelta —le indicó.

—Muy bien —contestó Abby contenta de quedarse sola—. Si quieres, te espero en el coche. No hace falta que comas conmigo. No me importa en absoluto volver a casa.

«Y hablar con Edward», pensó.

—No digas tonterías —contestó Dolores tras pensárselo—. Me apetece mucho comer contigo —mintió por educación—. El restaurante está arriba, se llama La Terraza. ¿Quedamos allí en media hora?

—Muy bien.

En cuanto la madre de Lauren hubo desaparecido, se preguntó qué iba a hacer. Había muchas tiendas, pero todas de conocidos diseñadores. Ella no se podía permitir comprar allí.

«Mirar es gratis», se dijo.

Se dio una vuelta mirando escaparates de joyerías y alta costura. Al final, encontró una librería. Menos mal. Entró y rebuscó entre autores que no conocía. Pensó en comprar un par de libros para Ross, pero se dio cuenta de que ya había pasado la media hora, así que los dejó y salió corriendo.

¿Dónde le había dicho Dolores que estaba el restaurante?

Afortunadamente, lo encontró sin problemas.

Había llegado siete minutos tarde, pero Dolores no estaba fuera. Con un poco de suerte, todavía no habría llegado.

El restaurante tenía aspecto de ser un lugar exclusivo, pero no le extrañó. Era obvio que a la suegra de su hermano le gustaba ir a aquel tipo de sitios. ¿No sería mejor que se pusiera la chaqueta?

Se estaba diciendo que debería haber ido al baño cuando se dio cuenta de que un hombre la estaba mirando.

¡Alejandro otra vez! La segunda vez en un día que la pillaba desprevenida.

Al instante, sintió que se le aceleraba el pulso y que sudaba por todos los poros de su cuerpo.

–Abigail –dijo yendo hacia ella–. Nos volvemos a encontrar.

Debía de estar pasándoselo en grande recordando la primera vez que se habían visto aquel día y viendo su evidente nerviosismo.

–Eso parece –consiguió decir sonriendo.

¿Dónde se había metido Dolores? ¿Estaría esperándola dentro?

–¿Estás esperando a alguien? ¿A tu hermano quizás?

Abby lo miró a los ojos y se arrepintió al instante.

La estaba observando de cerca. Por mucho que se empeñara en odiarlo por cómo la había tratado, no podía ignorarlo y se sintió vulnerable en su presencia. Y él lo sabía, maldición.

–Eh... no, no estoy esperando a Edward –contestó sonrojándose.

–¿A quién, entonces? –preguntó divertido–. ¿Qué te pasa, Abigail? ¿Te da miedo decírmelo?

–¿Miedo? –repitió enfadada ante aquella idea–. Claro que no. ¿Te importaría dejarme en paz? Yo no soy Lauren, ¿sabes? No me halagan tus atenciones. Ni las tuyas ni las de ningún hombre que se cree que porque tiene dinero puede tener lo que quiera.

–Por favor, Abigail, ¿por qué dices eso? Es imperdonable.

–¿Ah, sí?

Inmediatamente, se dio cuenta de que había ido demasiado lejos. Aquello era lo último que tendría que haber hecho para ayudar a su hermano en su intento de que Alejandro dejara en paz a su mujer. ¿Qué estaba haciendo? ¿Ganarse un enemigo?

Alejandro tomó aire.

–Parece que estás decidida a creer lo peor de mí –dijo mirando el reloj–. Es casi la una y cuarto. Te sugiero que te sientes conmigo hasta que aparezca... tu acompañante.

Abby apretó los dientes y pensó que era un reloj muy normal para alguien como él. Era de oro, sí, pero nada ostentoso. No como el que Ross lucía en la muñeca.

–¿Por qué te ofreces? –le preguntó dándose cuenta de que le resbalaban las gotas de sudor entre los pechos y que los pezones se le habían puesto duros.

Seguro que Alejandro también se había dado cuenta porque tenía el sujetador empapado y hacía el mismo efecto que si no lo llevara.

–Vamos a decir que por cortesía –contestó enigmático–. No me parece bien dejar a una mujer como tú sola en mitad de un centro comercial. Si fueras mi hermana, me gustaría que tu hermano hiciera lo mismo.

–No estoy esperando a Edward –le aclaró.

—Ya me lo has dicho —dijo mirándole la boca—, pero mi invitación sigue en pie.

Abby dudó.

—Estoy esperando a Dolores, debe de estar a punto de llegar.

—Muy bien —sonrió Alejandro mirando hacia la entrada del restaurante—. Mira, Miguel de Brazos, es el maître de La Terraza. Te lo voy a presentar.

—No me parece...

Pero Alejandro ya la había tomado del codo. Abby sitió sus dedos y sintió un escalofrío por todo el cuerpo que le impidió apartarse.

Obviamente, el maître y él se conocían bien.

—Señora —lo saludó Miguel educadamente—. Bienvenida. Pase. Está usted esperando a la señora Esquival, ¿verdad? Ahora mismo diré que la vayan a buscar. Espere dentro, que va a estar mucho mejor.

—Muchas gracias —contestó Abby.

En ese instante, Alejandro la soltó y Miguel la guió al interior del restaurante.

Abby miró hacia atrás, pero ni rastro de Dolores. Alejandro seguía allí con expresión inescrutable. ¿En qué estaría pensando? ¿Estaría preguntándose por qué le había dicho que sí al maître a la primera y a él, no? ¿O sería que aquella había sido su intención desde el principio?

Miguel de Brazos la condujo entre palmeras a una mesa apartada que daba a un precioso jardín interior en el que había una fuente, multitud de flores e incluso pájaros.

Obviamente, era una de las mejores mesas del local. Varias miradas los siguieron y no tuvo más remedio que reconocer que esperar sola le habría dado vergüenza.

—¿Qué quiere tomar, señora? —le preguntó Miguel dejando claro que los iba a servir él en persona.

—Un té con hielo —contestó Abby.

No se atrevía a tomar alcohol con Alejandro.

—¿No le apetecería más una margarita? —la tentó el maître—. Son la especialidad de la casa.

Abby negó con la cabeza.

—No, gracias —contestó.

—¿Y usted, señor? —le preguntó a Alejandro.

—Yo, tampoco, Miguel. Esta tarde tengo que trabajar, así que también voy a tomar té con hielo.

Miguel no insistió, se alejó y comenzó a dar órdenes a sus empleados. Abby y Alejandro estuvieron unos segundos en silencio.

–Es un restaurante precioso –comentó Abby.

–Me alegro de que te guste –dijo Alejandro encogiéndose de hombros.

–¿A quién no le iba a gustar?

Abby se sentía un tanto confusa, pero se dijo que sería por el jet lag.

–¿Debería ponerme la chaqueta? –preguntó.

–¿Por qué? ¿Tienes frío?

–No –contestó Abby mirando a su alrededor y viendo que todo el mundo iba muy bien vestido–. Me sorprende que Dolores quisiera traerme aquí –murmuró para sí.

Alejandro enarcó las cejas.

–¿Por qué dices eso?

–Es obvio, ¿no? ¿No has visto las pulseras de diamantes, los collares de perlas y los anillos de rubíes? Yo llevo un anillo normal, una cadena de oro y unos pendientes de bisutería.

–Tú no necesitas joyas para realzar tu belleza –observó Alejandro–. Y yo no necesito que me recuerdes que llevas el anillo de pedida de otro hombre. ¿Qué quieres que te diga, que sigues siendo la mujer más guapa que he conocido?

–¡No! –contestó Abby sonrojándose–. No me digas esas cosas. Los dos sabemos lo poco ciertos que son tus cumplidos.

–¿Ah, sí? –dijo Alejandro apoyándose en la mesa–. ¿No le encantaría oír a Edward saber que sigo atraído por ti?

–No tienes ni idea de lo que le gustaría oír a mi hermano –contestó Abby preguntándose dónde estaría Dolores.

Nunca creyó que fuera a alegrarse de ver a la suegra de su hermano, pero así era.

–Sé que no ha mandado llamar a su hermana mayor para que lo cuide –contestó Alejandro.

–Entonces, ya sabes más que yo –dijo Abby mirando hacia la puerta.

¿Cuánto se tardaba en probarse un vestido?

–No sabes mentir, querida –murmuró Alejandro echándose hacia atrás–. No vamos a perder el tiempo hablando de Edward, ¿verdad? Prefiero hablar de ti. ¿Cómo es que vas a comer con Dolores? No sabía que fuerais tan amigas.

–No lo somos –contestó demasiado apresuradamente–. Quiero decir que... le di pena. Pensó que era de mala educación dejarme en la casa esperando a mi hermano y me ha traído a comer con ella.

Alejandro frunció el ceño.

–¿Esperando a tu hermano? ¿No quería

verte?

Abby suspiró.

–No es que no me quisiera ver, sino que no estaba –contestó a regañadientes–. Lauren y él habían salido.

–¿Salido? –dijo Alejandro enarcando una ceja–. Creía que no podía andar...

–Y no puede –contestó Abby irritada–. No puede andar mucho.

Alejandro la miró con insistencia.

–Han entrado en su casa y han tenido que ir a comisaría, para que lo sepas.

–¿Y cuándo ha sido ese... robo?

–Anoche supongo –contestó Abby doblando la chaqueta una y otra vez–. ¿Por qué? ¿Sabes algo?

–Quizás.

Aquella contestación la dejó con la boca abierta. Menos mal que, en ese momento, llegó el camarero.

–Sus bebidas –anunció el chico–. ¿Quieren la carta?

–Luego, gracias –contestó Alejandro.

Abby se tomó la mitad del vaso de un trago. Cerró los ojos y disfrutó del líquido resbalándole por la garganta. Ah, sí, ahora se sentía mucho mejor.

Lo malo fue cuando los abrió y se encontró a Alejandro mirándola.

—Tenías sed, ¿eh? —dijo alargando el brazo y quitándole una gota de té de la comisura de los labios.

Su sorpresa fue todavía mayor cuando se acercó el dedo a la boca y chupó la gota.

—¿Has bebido alguna vez vino de los labios de tu pareja? —le preguntó.

—No... no es vino —contestó Abby sonriendo sin darse cuenta.

—Un placer que me reservo para otra ocasión —dijo Alejandro con voz grave—. ¿Me dejas que te invite a cenar mañana?

—No creo que sea una buena idea.

—¿Por qué no?

—Porque... no me apetece. Además, no creo que a mi prometido le hiciera mucha gracia.

—Antes no te importó —dijo Alejandro.

A Abby no le dio tiempo de preguntarle por qué decía eso o qué sabía sobre el robo en casa de su hermano porque, en ese momento, llegó Dolores.

—Querido —dijo acercándose a toda prisa y mirando a Abby con mala cara—. ¿Qué haces aquí? Miguel me ha dicho que estabas con Abby, pero no me lo podía creer. Como siempre me dices que estás muy ocupado para quedar a comer...

—No querrías que la dejara sola en la

entrada del restaurante, ¿verdad? Parecía... perdida. ¿Qué iba a hacer sino ofrecerle mi pobre compañía?

—¡Oh, Alejandro! —dijo Dolores disfrazando su irritación—. ¡Eres muy generoso! Espero que Abigail sepa apreciar tu amabilidad.

—Seguro que sí —contestó Alejandro mirando a Abby con ojos burlones—. ¿Qué es eso que me ha contado Abigail de que han robado en casa de tu hija?

Dolores se puso a darle explicaciones en español y a toda velocidad. Era obvio que no quería que Abby los interrumpiera.

—El señor Varga me ha dicho que, quizás, supiera algo —dijo sin mala intención.

Dolores se calló al instante y la miró.

—¿Qué? —dijo pálida.

Abby se sintió absurdamente contenta cuando vio que Alejandro la miraba irritado.

—El señor Varga me ha dicho que, quizás, supiera algo del robo —repitió Abby— ¿No es así? ¿Qué era exactamente?

—Lo que he dicho era que quizás pudiera ayudar —dijo Alejandro—. Has debido de entenderme mal —sonrió—. Si necesitáis algo, no dudéis en decírmelo. Ya sabéis lo mucho que aprecio a Lauren... y a Edward.

Capítulo Seis

Cuando Abby volvió a casa, Edward la estaba esperando. Estaba sentado en la terraza, con la pierna en alto.

—¿Dónde demonios has estado? —le espetó.

—Comiendo —contestó Abby sorprendida—. Tu suegra se apiadó de mí y me invitó a ir con ella. Si no, me habría quedado toda la mañana aquí sola...

—Y eso hubiera sido una tragedia, ¿verdad? —dijo Edward—. ¿No fuiste tú la que anoche me dijo que no había venido de vacaciones?

Abby lo miró indignada.

—¿Te crees que me apetecía irme con Dolores? —dijo bajando la voz—. ¿Y tú dónde te habías metido? No sabía dónde estabas y me parecía que me estabas rehuyendo.

¿Eran imaginaciones suyas o su hermano parecía avergonzado de repente?

—¿Por qué te iba a rehuir? —dijo poniendo bien el cojín sobre el que tenía apoyada la pierna—. ¿Qué te ha dicho Dolores? Nunca le he caído bien, ¿sabes? Los Esquival creen que no soy lo suficientemente bueno para su hija.

Abby sacudió la cabeza.

—No hemos hablado de ti —contestó—. Pero, volviendo al tema principal, después de lo que me pediste anoche que hiciera, no me extrañaría que me rehuyeras. Por cierto, no creas que engañas a Alejandro. Sabe perfectamente lo que tramas.

—¿Cómo lo sabe? —preguntó Edward nervioso—. ¿Lo has visto? —añadió revolviéndose.

—Sí...

Abby le iba a contar que estaba en la casa por la mañana, pero Edward no la dejó seguir.

—¿Dónde? ¿Estaba Dolores delante cuando ha hablado de mí? —preguntó sudando—. ¡Dios mío! ¡Si los Esquival se enteran de lo que está pasando, soy hombre muerto!

Abby estaba confundida.

Si Lauren tenía una aventura, sus padres no se iban a enfadar con Edward, ¿no? A no ser que...

Miró a su hermano y tuvo la impresión de que no estaba siendo sincero con ella. ¿Qué era aquello que sabía Alejandro y que Edward temía que les contara a los Esquival?

Decidió que no era el momento de insistir, así que tomó una silla y se sentó junto a su hermano.

–¿Qué has hecho esta mañana? –le preguntó–. Dolores me ha dicho que han entrado a robar en vuestra casa. ¿Se han llevado muchas cosas?

–Lo de siempre –contestó Edward haciendo un gesto despectivo con la mano–. Sería algún drogadicto buscando algo para vender y comprar droga.

–¿Eso te ha dicho la policía?

–La policía nunca dice nada –contestó su hermano sin interés.

–El año pasado entraron en casa de Ross y nunca supieron quién había sido porque...

–Los problemas de tu novio no me interesan lo más mínimo –la interrumpió Edward–. Volvamos a Varga. ¿Me vas a decir qué ha pasado para que hablaras con él? ¿Ha comido contigo y con mi querida suegra?

Abby negó con la cabeza. No quería hablar de Alejandro, pero su hermano parecía muy interesado en lo que el cubano había dicho.

Sabía que no era de fiar. Si no, ¿por qué le había hecho creer a Dolores que ella le había entendido mal? No había sido así en absoluto. Tenía muy claro lo que había oído. Alejandro sabía algo del robo en casa de su hermano. ¿Qué podía ser?

–Nos los encontramos en la puerta del restaurante y se tomó un té con nosotras –contestó decidiendo no contarle su visita matutina–. ¿Qué pasa, Eddie? ¿Por qué te importa tanto lo que tus suegros puedan pensar de ti si es tu mujer la que está teniendo una aventura? No es culpa tuya.

–¿Tiene una aventura con Varga?

–No lo sé –contestó Abby–. Eso me dijiste –suspiró–. ¿Por qué no me cuentas la verdad, Eddie? ¿Por qué te da tanto miedo Alejandro? No es solo por Lauren, ¿verdad?

–¿Por qué iba a ser si no? –dijo Edward enfadado–. Además, no me da miedo Varga… sino lo que pueda hacer.

–¿A tu matrimonio?

–Exacto. ¿Por qué dices que sabe lo que me propongo? ¿Qué te ha dicho?

Abby se encogió de hombros.

–No me acuerdo –mintió.

Si su hermano quería jugar, iban a jugar. Le estaba ocultando algo importante, eso estaba claro. Quizás tuviera que hablar con Alejandro.

Edward la miraba furioso, pero a Abby le

dio igual.

–Luego te veo. Me voy a cambiar –anunció.

–¡Espera!

Edward intentó agarrarla de la mano, pero Abby fue más rápida y salió corriendo escaleras arriba sintiéndose completamente sola.

Llamó a Ross antes de bajar a cenar.

Pasó el resto de la tarde pensando en lo que le había dicho Alejandro y la reacción de su hermano.

Alejandro se había mostrado enigmático y Edward, evasivo y preocupado. Desde luego, no le había hecho ninguna gracia que Alejandro hubiera estado con Dolores y con ella.

Sacudió la cabeza.

¿Por qué tenía Alejandro tan claro que Edward iba a necesitar su ayuda? Era obvio que no se caían bien. ¿Qué habría entre los dos que hubiera provocado aquella alianza tan inverosímil?

¿Ella? ¡No! Edward no sabía lo que había pasado cuando había vuelto a Inglaterra. ¿Lauren? No le parecía probable, pero, ¿por qué? ¿Acaso no le parecía posible que su cuñada tuviera una aventura con Alejandro? ¿Estaba celosa? ¿Seguía sintiendo algo por él después de tanto tiempo?

¡No!

Se miró en el espejo.

A Edward le caía mal, pero ella lo odiaba.

Sin embargo, al pensar en él, decidió llamar a su prometido. Necesitaba su consejo. Necesitaba su frialdad para poner orden al caos que reinaba en su cabeza.

Para su alivio, Ross contestó enseguida. Eso quería decir que estaba sentado en la mesa, revisando exámenes, seguro.

Lo que daría por estar a su lado en aquellos momentos. Incluso, de repente, la decisión de no vivir con él hasta después de la boda se le antojó ridícula. Al fin y al cabo, se pasaba media vida en su casa.

—Soy yo, Ross —le dijo muy contenta—. Espero que no te importe que te llame tan tarde.

—Son solo las once, Abby —contestó él no tan contento—. De todas formas, estaba esperando que me llamaras para pedirme perdón por lo de esta mañana.

Abby recordó entonces la discusión.

Había estado tan liada con los problemas de Edward, que había olvidado su propia relación con Ross.

—Claro —dijo sin ganas de volver a discutir—. No te tendría que haber dicho lo que te dije, pero es que estoy muy preocupada por Eddie, ¿sabes?

—Mmm —dijo Ross como si le importara muy poco su hermano—. Bueno, ¿y qué? ¿Te vienes ya para casa o es pedir demasiado?

—Lo cierto es que ha habido más complicaciones —contestó Abby.

¿Por qué no era más comprensivo aquel hombre?

—A ver si lo adivino. ¿A Edward le ha dado un ataque de pánico?

—No —contestó Abby mordiéndose la lengua—. Han robado en su casa.

—No me lo puedo creer —dijo Ross con impaciencia—. Este hombre es un desastre andante. Bueno, más bien poco andante en esta ocasión.

—No tiene ninguna gracia, Ross. ¿Te importaría ser un poco más solidario? ¿No recuerdas cómo te sentiste cuando te desvalijaron la casa el año pasado?

—Aquello fue diferente.

—¿Ah, sí? ¿Y por qué?

—Oh, Abby... —suspiró Ross—. Porque tenía cosas de valor, cosas que eran de mi madre. Dudo mucho que tu hermano tenga

nada que no pueda reponer en el supermer-
cado de al lado en un abrir y cerrar de ojos.

–Muy bonito –exclamó Abby a pesar de
que Ross tenía razón.

A Edward lo del robo le importaba poco.
Lo único que tenía en mente era Alejandro.

–Solo intento ser práctico –dijo Ross
recordándole que había llamado, precisamente, por eso.

–Aun así...

Ross se dio cuenta de que Abby estaba a
la defensiva, así que cambió de táctica.

–Solo pienso en ti, cariño –dijo con voz
dulce–. Seguro que la policía lo tiene todo
controlado y tu hermano tiene a su mujer y
a su familia política. Yo te necesito aquí,
Abby. Te echo de menos. Mucho.

–Yo, también –dijo Abby automática-
mente. En realidad, tenía demasiadas cosas
en la cabeza–. Pero no me puedo ir todavía,
Ross. No puedo. Quiero irme cuando esté
segura de que Eddie puede con todo.

–¿Con qué exactamente?

¿Qué le podía decir? Ross no sabía nada
de Alejandro. No sabía lo que había pasado
la última vez que había ido a Florida. Solo
sabía que había estado enferma al volver de
la boda y había tenido que ausentarse varias
semanas del colegio.

—Solo te pido unos cuantos días más —suspiró—. No he tenido tiempo ni de hablar con Lauren.

—¿De hablar? ¿Me estás diciendo que te quieres quedar porque no has tenido tiempo de hablar con tu cuñada para contaros los últimos cotilleos?

—Claro que no.

—Ah, menos mal porque a mí me ha sonado así.

—Siento mucho cómo te haya sonado, pero me voy a quedar por lo menos hasta después del fin de semana —contestó Abby cansada—. Ya te llamaré.

—Espero que sepas lo que estás haciendo, Abby —se despidió Ross—. Dejar que tu hermano crea que puede recurrir a ti siempre que algo le va mal no me parece acertado.

Abby colgó y recapacitó sobre aquellas palabras. Siempre había mimado a su hermano y Edward lo sabía, pero aquella vez estaba realmente preocupada por él. Las heridas del accidente de tráfico eran lo de menos.

Se desvistió y, cuando se disponía a ducharse, sonó el teléfono.

Supuso que era Ross. Le había pedido el número y supuso que llamaba para insistir en que volviera a casa. ¿No la podía dejar un poco en paz?

Se envolvió en una toalla y contestó enfadada.

–¿Qué quieres ahora? –dijo.

–¿Debería sentirme halagado porque supieras que te iba a llamar? –dijo una voz que no era la de Ross.

Era Alejandro. Abby se odió a sí misma por el delicioso escalofrío que había sentido por la espalda al oír su voz.

Tragó saliva.

–¡Alejandro!

–Me alegro de que sepas quién soy –rio él.

–¿Qué quieres?

–Qué fría, preciosa. ¿Es por culpa de los hombres ingleses? Antes no eras así.

–Y tú... –se interrumpió antes de decir algo que pudiera lamentar–. ¿Qué quieres? ¿No temes que los Esquival se pregunten por qué me llamas?

–¿Por qué me iba a importar lo que piensen mis primos? No tengo que pedirles permiso para hablar con una amiga.

–Tú y yo no somos amigos, Alejandro –le recordó sin ningún tacto.

–Me alegro de que estemos de acuerdo en eso –rio él–. Nunca fuimos amigos sino amantes. Supongo que, al igual que yo, no has podido olvidar lo que hubo entre nosotros.

—No hubo nada —dijo Abby desesperada—. No sé por qué haces esto, Alejandro, pero me gustaría que me dejaras en paz.

—¿Ah, sí? ¿Y a tu hermano, también?

—No metas a Edward en esto.

—Por desgracia, no puedo —suspiró Alejandro—. ¿No te ha llamado por eso? ¿No te ha hecho venir porque cree que tú puedes conseguir lo que él no ha podido?

—No sé de qué me hablas —contestó sinceramente.

—Ah... Pareces sincera... Veo que no sabes nada.

—¿Qué tengo que saber?

—Ya lo sabrás a su debido tiempo —contestó Alejandro—. Si accedes a cenar conmigo mañana, tal vez, puedas enterarte. ¿Qué me dices?

—Que no.

—¿Que no? Si yo fuera tú, aceptaría, preciosa —la amenazó veladamente—. No me hagas enfadar, Abigail. A tu hermano no le gustaría. Él quiere que seamos... amigos.

Abby sintió que le temblaban las manos y sintió ganas de colgar el teléfono. No podía competir con un hombre como Alejandro. No sabía de lo que era capaz y, al fin y al cabo, aquello era problema de Edward.

—Por favor, cuéntame qué está ocurriendo —imploró.

—Mañana por la noche —dijo Alejandro—. Les diremos a Luis y a Dolores que te voy a enseñar mi barco. Se mostrarán sorprendidos, pero tú no te preocupes.

—¿Cómo no me voy a preocupar? Estoy invitada en su casa —protestó—. No puedo cenar contigo. ¿Qué van a pensar?

—Claro que puedes —rio Alejandro—. Deja que yo me encargue de los detalles. Hasta mañana, preciosa.

Capítulo Siete

La cena de aquella noche fue mucho más relajada.

Hablaron sobre todo del robo y, aunque Edward no había querido pronunciarse hasta el momento sobre aquel tema, habló como el que más.

«Quizás sea porque eso es lo que su familia política espera de él», pensó Abby dándose cuenta de que cada vez desconfiaba más de su hermano.

No la ayudaba en absoluto verlo allí sentado como si no pasara nada cuando sabía que los Esquival creían que Abby se había autoinvitado a su casa.

—Al menos, no han destrozado la casa —comentó Lauren—. ¿Te gustaría verla? —le preguntó a su cuñada—. Falta el televisor y la cadena de música, pero el resto está bien.

—Claro, solo querían objetos que pudieran vender fácilmente —observó su padre—. Como dice Edward, han debido de ser chicos en busca de dinero fácil para comprar droga.

—No creo que hayan sido unos chicos

–apuntó Lauren mirando a su marido–. No habrían podido entrar sin disparar la alarma.

–Y, entonces, ¿qué crees que ha sido? –se burló Edward–. ¿Un golpe profesional?

–Puede ser.

Abby se dio cuenta de que Lauren tenía dudas sobre el robo. Edward no miraba a su hermana a los ojos y aquello a Abby no le gustó.

–No obstante, no me hace mucha gracia que Lauren vuelva a casa –dijo su madre–. ¿No estás de acuerdo, Luis? Si han entrado una vez, pueden volver a entrar.

–Es verdad. ¿Tú que dices, Abigail? Los ladrones suelen volver a la escena del crimen, sobre todo si creen que la compañía aseguradora ha pagado los objetos robados, ¿no?

A Abby no le gustó que le preguntaran porque sospechaba que su hermano tenía sus razones para querer volver a su casa, pero Luis estaba esperando una respuesta.

–Sí, tienes razón, pero si pones una alarma nueva...

–Buena idea, papá –dijo Lauren–. Si, como dice Edward, son chicos no volverán.

–Exacto –dijo Edward.

Abby se preguntó si su hermano no

habría tenido algo que ver en el robo.

«No, imposible», pensó.

–¿Por qué no esperamos a ver qué dice la policía? –propuso la tía de Luis–. Seguro que a Abigail no le apetece pasarse las vacaciones hablando de nuestros problemillas. Por cierto, ¿qué tal te lo estás pasando? Dolores me ha dicho que habéis comido en La Terraza. ¿Sabías que yo trabajé allí? Cuando era mucho más joven, claro –sonrió.

–Lo que la tía Elena quiere decir es que el restaurante era de la familia de su marido –explicó Dolores para que a Abby le quedara claro–. Es una pena que lo vendieran. Los actuales propietarios están ganando una fortuna, ¿no?

–El dinero no lo es todo, Dolores –contestó la tía Elena–. Me parece que a veces se te olvida.

–No se me olvida, tía ¿Pasamos al salón? Le he dicho a Anita que sirva allí el café.

Abby aprovechó la ocasión para sentarse al lado de su cuñada y hablar con ella.

Se dio cuenta de que a su hermano no le hacía mucha gracia, pero le dio igual. Estaba dispuesta a averiguar qué estaba ocurriendo en el matrimonio de Edward.

Lauren se sorprendió también un poco

de que Abby se sentara con ella, pero pronto se puso a admirar su anillo de pedida y a hablar de su boda con Ross. Incluso le sugirió que fueran a Florida de luna de miel.

—Y pensar que hace nada estábamos hablando de vuestra luna de miel. Supongo que a Edward y a ti os parecerá que lleváis casados toda la vida.

—Sí —dijo Lauren no muy convencida—. Supongo que somos felices, aunque este año no ha sido muy bueno.

—Ya, supongo que el accidente no ha ayudado mucho.

—No, pero no me refería a eso.

—¿Ah, no? Lo siento, no me quería entrometer.

—No es culpa tuya —dudó Lauren—. Supongo que no debería contarte nada, pero al fin y al cabo eres su hermana y tienes derecho a saberlo.

Si todo aquello tenía algo que ver con Alejandro, Abby no quería saberlo.

—¿Te ha contado algo?

—Eh... Edward y yo no hemos tenido mucho tiempo de hablar con lo del robo y todo eso.

—Claro —dijo Lauren nerviosa—. Además, no debe de resultar fácil para él contártelo.

Aquello iba de mal en peor. Abby miró a su hermano y se preguntó si no sería cierto que su cuñada tenía una aventura.

–Si no quieres, no hace falta que me cuentes nada –se apresuró a decirle.

–Claro que quiero contártelo –le aseguró Lauren–. Puede que tú me entiendas mejor que tu hermano.

Lauren dejó la taza en la mesa.

–Verás Edward y yo hemos tenido... problemas personales.

«¡Oh, no!», pensó Abby.

–De verdad, no creo que yo sea la persona más indicada para escuchar esto.

–Puede que tengas razón, se me olvidaba que en tu país las cosas son diferentes.

Abby no sabía a qué se refería, pero tampoco se lo iba a preguntar. Obviamente, Lauren no podía hablar de ello ni con su madre ni con su padre, pero, ¿por qué creía que con ella sí?

Por si no fuera poco tener que tener que escuchar los problemas de su hermano, allá iban los de su cuñada.

–¿Te he dicho que Alejandro ha comido con Abby y con tu madre? –dijo Edward de repente cruzando el salón a toda velocidad y sentándose en el brazo del sofá junto a su mujer–. Le cae muy bien Abby. Se conocieron en nuestra boda, ya lo sabes.

Su mujer lo miró con los ojos entornados.

–No, no me lo habías dicho. No sabía que conocieras bien a Alejandro –añadió mirando a Abby.

–No lo conozco bien –contestó Abby preguntándose a qué estaba jugando su hermano–. Edward está exagerando.

–De eso nada –dijo su hermano–. Ayer se mostró encantado de volverte a ver.

–Se mostró educado –dijo Abby irritada–. Tú lo conoces mejor que yo.

–¿Yo? No estés tan segura. No me sorprendería que quisiera verte antes de que te vayas.

Abby se sonrojó por completo. ¿Sabría su hermano que Alejandro la había llamado?

Dolores eligió justo ese momento para reunirse con ellos.

–¿Quién quiere verte? –le preguntó a su hija.

–A mí no, mamá –contestó Lauren–. A Abigail. Edward me está diciendo que Alejandro ha comido hoy con vosotras.

–Sí, bueno, se ha tomado una copa con nosotras, pero no entiendo.

Abby pensó que aquella era la oportunidad perfecta para decirles que Alejandro la había invitado a cenar al día siguiente, pero no lo hizo porque su cuñada le acababa prácticamente de confesar que tenía una aventura con otro hombre.

–Solo estaba diciendo que no me extrañaría que Alejandro quisiera ver a Abby antes de que se fuera. ¿Tú qué opinas, cariño? –le preguntó a Lauren poniendo una mano posesiva sobre su hombro–. ¿No te dio la impresión de que se alegraba mucho de verla ayer?

–Pero si Abigail y Alejandro apenas se conocen –protestó Dolores sin que a su hija le diera tiempo de contestar.

–Se conocieron en nuestra boda –le explicó Edward, a pesar de la mirada de advertencia de su hermana–. Ahora que él está divorciado, no veo por qué no pueden ser amigos.

–Alejandro es un hombre muy ocupado y, además, Abigail no debería llamarse a engaño porque se muestre encantador con ella. Perdona que te hable así, pero a Alejandro le encanta coquetear y es así con todas las mujeres.

–No con todas, mamá –la contradijo Lauren–. Además, no sabemos lo que Alejandro piensa de Abigail. No nos lo ha dicho. Tal vez deberíamos preguntárselo a ella.

Abby no se esperaba aquello.

–A mí tampoco me lo ha dicho. Creo que tu madre tiene razón. Apenas nos conocemos.

«Y lo que conozco de él, no me gusta».

–¿Os importa que me vaya a la cama? Ha sido un día muy largo y sigo teniendo el horario de Londres.

Abby se pasó la mañana del día siguiente con Lauren y su madre en la casa en la que habían entrado a robar.

No volvieron a hablar de su relación con Alejandro y en cierta medida le molestó que ambas mujeres dieran por hecho que no podía tener nada con él.

Se apresuró a decirse a sí misma que así era mejor. Lo último que necesitaba era que se creyeran que se sentía atraída por Alejandro.

La casa de Coconut Grove le habría parecido maravillosa si hubiese estado de humor para apreciarla. Estaba situada en uno de los barrios más antiguos de Miami, en el que abundaban las tiendas y los restaurantes. Lo cierto era que tenía un encanto especial.

Edward y Lauren vivían en un edificio

completamente reformado por dentro, pero que por fuera mantenía su apariencia colonial. Las calles estaban llenas de palmeras y de los edificios blancos colgaban flores de todos los colores.

Tras enseñarle la casa, Lauren le hizo notar que desde el ventanal del salón se veía el puerto deportivo.

Parecía realmente contenta de volver a su casa.

–Hogar dulce hogar –comentó–. La verdad es que los destrozos no son para tanto. Todo lo que han hecho tiene arreglo. Además, sé que a Edward no le gusta vivir en casa de mis padres.

Abby estaba de acuerdo con su cuñada y no entendía por qué Dolores no quería que su hija volviera a su casa.

–Ni se te ocurra pensar en volver a vivir aquí –exclamó Dolores–. Imagínate lo que podría haber sucedido si los ladrones te hubieran encontrado sola en casa. ¡Te podrían haber matado!

–Yo creo que han entrado, precisamente, porque no había nadie en casa. Tal vez oyeron en el restaurante que estábamos en tu casa mientras Edward se recuperaba del accidente.

Dolores miró a su hija con los ojos muy

abiertos.

–Lo mejor será que papá te busque otro piso en Coral Gables, más cerca de nosotros.

–No soy una niña pequeña, mamá. Además, la casa está prácticamente intacta. Obviamente, tenían prisa y se llevaron lo que es fácil de vender.

En ese momento, Abby vio un ordenador portátil junto a la ventana. No creía que un ladrón se dejara un objeto así, pero podría haber sucedido.

Aun así, a Abby le extrañó y decidió preguntarle a su hermano qué había dicho la policía al respecto.

–No creo que sea ahora el mejor momento para hablar de esto –dijo Dolores–. Es demasiado pronto para hacer planes. Edward no va a poder andar en unas semanas. Hay que darle tiempo para que pueda defender a su familia. ¿No te parece, Abby?

Abby miró a su cuñada y se encogió de hombros.

–Supongo –contestó–, pero la decisión es de Edward y Lauren. Si la policía...

–La policía sabe menos que nosotros–la interrumpió Lauren–. ¿No será que alguien se quiere vengar de Edward?

Abby sintió un escalofrío por la espalda. ¿Se trataría de Alejandro? Dios mío, iba a cenar con él.

Bueno, así podría averiguar de una vez por todas qué estaba pasando.

Capítulo Ocho

Abby se quedó anonadada al ver que Alejandro la estaba esperando al llegar a casa. Estaba tomando una cerveza en la terraza con Luis y ambos hombres se levantaron educadamente cuando aparecieron ellas tres.

Lauren y su madre saludaron, como de costumbre, efusivamente a Alejandro y ninguna de las dos comentó que Edward no estaba.

–¿Te quedas a comer? –le preguntó Lauren agarrándolo de la manos.

Abby se preguntó para que habría ido. ¿Tendría algún negocio pendiente con Luis o sería para asegurarse de que ella no olvidara su cita?

–Por desgracia, no –contestó–. He venido a preguntarle a Abigail si le gustaría venir a ver mi barco. Supongo que le apetecerá distraerse un poco.

Abby sintió los ojos de Lauren y de su madre sobre ella. ¿Qué estarían pensando?

–Yo...

–A todos nos encantaría salir a navegar

–la interrumpió Lauren–. No sé qué hará mi marido, pero yo voy.

–Te olvidas, querida, que ya habíamos quedado esta noche –dijo Edward apareciendo de repente.

Abby miró a su hermano y se dio cuenta de que estaba disfrutando del momento.

–Tu madre me ha comentado que vienen a cenar tus tíos. ¿Qué iba a decir la tía Rosa si su sobrina preferida no estuviera en casa?

Lauren apretó los dientes.

–Se me había olvidado. ¿No podríamos dejarlo para otro día, mamá? Abigail se va a ir pronto y sería una pena que no pudiera ver el yate de Alejandro.

–Yo creo que nos podemos fiar de él –comentó Edward–. No creo que mi hermana tenga que ir a su barco con carabina.

Abby deseó decirle a su hermano que se metiera en sus asuntos, pero no podía. Tenía que averiguar qué estaba sucediendo allí y cuáles eran las intenciones de Alejandro.

–A lo mejor Abigail prefiere quedarse a cenar con la familia –propuso Dolores.

–¿Y por qué no dejamos que sea ella la que decida? –sugirió Luis.

–Yo... Me parece una idea maravillosa –contestó con la esperanza de que tanto

Alejandro como Edward se dieran cuenta de la ironía de sus palabras.

–Lo es –le aseguró el cubano–. ¿Qué te parece a las siete? Mi chófer pasará a buscarte.

Abby se pasó una eternidad decidiendo qué ponerse. Deseó haber aprovechado la visita al centro comercial para haberse comprado algo. Pero, claro, entonces no sabía que Alejandro la iba a invitar a navegar.

Le habría gustado ponerse un vestido pero no lo hizo porque no quería que Alejandro pensara que quería estar guapa para él.

Al final, se decidió por unos pantalones cortos de seda verde que se había comprado en Rímini y sobre cuyo precio Ross había puesto el grito en el cielo.

Los combinó con un cinturón dorado y un top negro. Se miró en el espejo y se dijo que estaba muy bien. De hecho, demasiado bien para cenar con un hombre que supuestamente no le agradaba.

Cerró los ojos y se preguntó qué estaba haciendo. Para empezar, traicionar a su prometido.

Decidió cambiarse de ropa, pero en ese

momento llamaron a la puerta. Era la doncella para anunciarle que el chófer ya estaba esperando.

Maldijo su suerte, se pintó los labios y bajó las escaleras. Allí estaba Edward esperándola.

—¡Vaya, vaya, Abbs! —exclamó su hermano—. Varga se va a quedar con la boca abierta.

—No seas crío, Eddie —le contestó Abby de mal humor—. Esperó que no me hayas engañado.

—No se a qué te refieres —se defendió su hermano—. Solo he venido a desearte que te lo pasaras bien. Seguro que es así porque a Varga se le da muy bien hacer que las mujeres se lo pasen bien.

—¿Cómo lo sabes? No me contestes, no vaya a ser que diga en el último momento que me duele la cabeza.

Por suerte ningún, miembro de la familia Esquival salió a despedirla.

Una vez fuera, comprobó que hacía una noche deliciosa.

—Buenas noches —la saludó Carlos abriendo la puerta de la limusina—. Está usted muy guapa, señorita Leighton.

Abby sonrió encantada.

—¿Le parece? Espero ir vestida adecuadamente para navegar.

—En realidad, el señor Varga me ha pedido que la lleve a su casa.

Abby suspiró indignada y permaneció en silencio un buen rato. ¿Cómo se atrevía? ¿Es que acaso no se daba cuenta de lo que para ella significaba ir a su casa? Evidentemente, a Alejandro no le habían importado muchos sus sentimientos.

—Por aquí no se va a Old Okra, ¿no? —preguntó al ver que el conductor se metía en la autovía.

—No vamos a la casa del padre del señor Varga sino a la suya —contestó Carlos.

Al cabo de un rato, divisó la casa rodeada de palmeras y de buganvillas. La verja de entrada estaba abierta y no había guardias de seguridad como en casa de los Esquival.

Carlos le acababa de abrir la puerta del coche cuando vio a Alejandro esperándola en el porche, ataviado con una camisa blanca y unos pantalones negros.

Abby no pudo evitar estremecerse. Así lo recordaba y le costó un gran esfuerzo no correr a sus brazos.

Aquello era una locura. Debía de estar loca. No sabía lo que Alejandro quería de ella, pero no creía que fuera su cuerpo. Más bien, hablar de Edward y seguramente de

Lauren porque era obvio que quería tanto a su prima como ella a él.

Entonces, ¿por qué estaba ahí sentada deseando que las cosas entre Alejandro y ella hubieran sido diferentes?

«Tengo que superarlo. Alejandro Varga nunca fue para mí».

Salió de la limusina y, en un abrir y cerrar de ojos, Alejandro estaba allí besándole la mano.

Sintió sus labios húmedos y se estremeció de nuevo. No debería haber aceptado su invitación. Se había metido en la boca del lobo.

–Bienvenida –le dijo–. ¡Cuánto me alegro de volver a verte! Llevaba mucho tiempo esperando este momento. Pasa.

–No me habías dicho que íbamos a cenar en tu casa –lo acusó.

Alejandro miró a su chófer con una ceja enarcada y le deseó buenas noches. Abby se dio cuenta de que el chófer la miraba antes de irse y se preguntó en qué estaría pensando. ¿Se habría dado cuenta de que Abby prefería volver a casa de los Esquival?

Demasiado tarde. Alejandro la había agarrado del brazo y la estaba conduciendo irremediablemente al interior de su casa.

Nada más entrar, Abby percibió el aroma

de las flores del jardín y vio la escalera que conducía a la planta superior. Alejandro la condujo al salón donde había tres sofás de terciopelo y multitud de objetos de arte.

Aunque la casa la cautivó desde el principio, decidió no dejarse encandilar. Para ello, se apartó de Alejandro y se dirigió a los ventanales desde los que se veía el embarcadero donde, efectivamente, estaba el yate de Alejandro.

Vio en el reflejo del cristal que tenía a Alejandro justo detrás y se sintió atrapada entre el exuberante paisaje del exterior y la sutil amenaza del interior.

Capítulo Nueve

Abby estaba tan nerviosa que se puso a hablar.

—Veo que tienes embarcadero. ¿Se ve el océano desde aquí?

—No —contestó Alejandro—. Y, por cierto, contestando a tu acusación, no creo haberte dicho dónde íbamos a cenar.

—No, pero...

Se giró e inmediatamente se dio cuenta de que había sido un error, así que dio un paso atrás para alejarse de él.

—Supongo que ya sabrás lo que he pensado cuando Carlos me ha dicho adónde me llevaba.

—No tengo ni idea. ¿Por qué no me lo dices?

—No juegues conmigo, Alejandro. Sabías perfectamente que iba a creer que me llevaba a Old Okra Road.

—Pero si la casa de Old Okra Road no es mi casa.

—Ahora, ya lo sé —dijo Abby furiosa—. Pero no porque me lo hayas dichos tú sino porque me lo ha dicho Carlos.

Alejandro se metió las manos en los bolsillos.

—¿Dónde quieres ir a parar?

Abby apretó los dientes porque se estaba empezando a impacientar.

—Todos sabemos que te gusta jugar pero a mí, no.

—¿Y eso que significa?

—Significa que dejaste adrede que creyera que la casa de Old Okra Road era la tuya porque, claro, a tu verdadera casa no me podías llevar, ¿verdad? A tu mujer no le habría hecho mucha gracia. También te olvidaste de hablarme de ella.

Alejandro la miró furioso.

—Supongo que te lo habrá contado tu querido hermano Edward, que es tan culpable como yo de guardar secretos.

Abby lo miró a los ojos y se dio cuenta de que era muy difícil aguantarle la mirada cuando estaba tan enfadado. Se sintió vulnerable. Estaba en casa de Alejandro, en su territorio. Podía hacer y decir lo que quisiera.

—Efectivamente, Edward me dijo que estabas casado, pero no creo que eso sea motivo de enfado. Al fin y al cabo, soy su hermana. Solo estaba intentando protegerme.

—Lo entiendo perfectamente —contestó Alejandro yendo hacia el mueble bar—. ¿Qué quieres beber? Y, por favor, no me digas que un té con hielo porque no tengo. Vino o un combinado.

—¿No tienes refrescos?

—No.

—Entonces, vino. Vino blanco, si tienes. Una copa pequeña.

—No te iba a dar la botella entera —contestó Alejandro secamente—. Es un Chardonnay de California. ¿Te parece bien?

—Supongo —contestó Abby aunque no entendía nada de vinos.

Menos mal que en aquel momento y, para romper la tensión, apareció un mayordomo vestido de impoluto blanco.

Mientras Alejandro hablaba con él, Abby tomó la copa de vino de su mano sin rozarlo y se sentó en una butaca. No se sentó en uno de los sofás porque no quería que Alejandro se lo tomara como una invitación para que se sentara a su lado.

—¿Está bueno?

El mayordomo se había ido y ahora tenía a Alejandro frente a ella de nuevo. Al ver sus ojos fijos sobre su cuerpo, dio un buen trago al vino y se atragantó.

Sonrojada y avergonzada, no tuvo más

remedio que aceptar la servilleta que Alejandro le ofrecía.

Acto seguido, cruzó el salón y se sentó en uno de los sofás. Alargó un brazo sobre el respaldo y dio un trago a su copa.

—¿Estás mejor? —le preguntó con aquel acento cubano que a Abby le erizaba el vello.

Se dio cuenta de que estaba retrasando lo inevitable. Tenía que hablar con él, tenía que averiguar qué era lo que quería y, sobre todo, tenía que impedir que Alejandro siguiera controlando la conversación.

—Sí, gracias —contestó bebiendo más vino—. ¿Llevas mucho tiempo viviendo aquí?

—Esta casa era de mi tía y, cuando murió, la heredé.

—¿Eso fue antes o después de divorciarte?

—Después. Mi ex mujer nunca vivió aquí, si es eso los que quieres saber. ¿Y tú cuándo rompiste tu compromiso? ¿Antes o después de la boda?

Abby lo miró con los ojos muy abiertos.

—¿Quién te ha dicho a ti que yo haya roto mi compromiso?

—Adivina.

—Pero si estoy comprometida desde hace solo dos meses —protestó Abby—. ¿De qué boda me estás hablando?

–¿En cuántas bodas hemos coincidido tú y yo?

–¡En la de Edward, pero entonces no estaba comprometida!

–¿Así que fue antes? –dijo Alejandro–. Debí suponer que tu hermano no me estaba contando la verdad.

Abby lo miró intensamente.

–No se de qué me hablas, pero no he venido a hablar de mí, sino de Eddie. Me gustaría saber por qué lo acusas, de Dios sabe qué, cuando tú eres el...

–¿Malo de la película? –se burló Alejandro.

–Me alegro de que no lo niegues.

–Veo que no sabes nada de nada –musitó Alejandro–. Me pregunto qué te habrá contado para justificar la animadversión que me tiene.

–No te hagas el tonto –exclamó Abby–. ¡Pero si no paras de tocar a su mujer! ¿Cómo quieres que no te odie si estás intentando acabar con su matrimonio?

Alejandro emitió un ruido raro y Abby creyó que se había atragantado, pero vio que lo que pasaba era que estaba intentando no reírse.

Aquello la enfureció. ¿Qué tenía aquella situación de graciosa? Estaban hablando de la vida y del futuro de su hermano. Claro que, ¿qué podía una esperar de un hombre que traicionaba a su mujer?

Abby sintió deseos de levantarse y de irse, pero no podía. Ahora que ya se sabía todo, tenía que intentar arreglar la situación.

Alejandro dejó la copa sobre la mesa y se puso en pie. En lugar de ir hacia ella, se dirigió al ventanal y se quedó mirando el embarcadero.

—Bien, así es que eso es lo que te ha contado y tú te lo has creído. No sé si sentirme halagado o insultado. ¿A ti qué te parece?

Abby tragó saliva al darse cuenta de que la estaba mirando.

—A mí me parece que deberías sentirte avergonzado. Yo, en tu lugar, lo estaría. Lauren podría ser tu hija.

—O mi sobrina —apuntó Alejandro—. Tendría que estar muy desesperado o ser muy idiota para fijarme en la hija de mi prima.

—¿Me estás negando que tienes una aventura con ella?

—¿Negándolo? —dijo Alejandro con incredulidad—. ¿Cómo se te ocurre? Debes de estar de broma. Lauren Esquival no me interesa.

—Lauren Leighton —lo corrigió Abby.

–Lauren Leighton, sí. Por Dios, Abigail, no es más que una niña.

–Claro, ya suponía que ibas a decir eso.

–Por supuesto –dijo Alejandro yendo hacia ella–. Por Dios, ¿estás escuchando, Abigail? Lauren es un encanto, pero yo la trato como a mi hermana pequeña. Nunca me he sentido atraído por ella.

Abby tragó saliva intentando no fijarse en el triángulo de piel bronceada de su pecho.

–Claro que te estoy escuchando –contestó dándose cuenta de que a Alejandro le latía la vena del cuello a toda velocidad.

Pensó que en el caso de Alejandro debía de ser por frustración mientras que en el suyo era por una inoportuna atracción sexual que no quería analizar.

–Sí, me escuchas, pero no me crees –le reprochó acercándose–. En el fondo de tu corazón sabes que te estoy diciendo la verdad, pero no quieres entenderlo porque prefieres creer a tu hermano.

–¿No harías tú lo mismo? –suspiró Abby.

–Quiero que entiendas que aquí hay más de lo que tú te crees.

–Conozco a mi hermano y, si me estuviera mintiendo, me daría cuenta.

–Muy bien –dijo Alejandro encogiéndose

de hombros–. ¿Y si te digo que le da miedo decir la verdad?

–Eddie no te tiene miedo –dijo Abby no muy convencida.

–No he dicho que me tenga miedo a mí –dijo Alejandro acariciándole la mejilla–. Te lo vuelvo a repetir: no soy enemigo de tu hermano. Lo que te ha contado no es cierto.

Abby dio un respingo, pero Alejandro no retiró la mano, sino que la deslizó por su cuello y le acarició el escote.

Abby sintió que le flaqueaban las piernas. A pesar de todo lo que había sucedido, se sintió presa de unas necesidades que creía olvidadas hacía mucho tiempo.

Recordó la noche que habían pasado juntos, recordó sus caricias. Su cercanía, su aliento y sus manos estaban dando al traste con sus defensas y se dio cuenta de que debía apartarse.

–Creo que será mejor que me dejes ir –dijo presa del pánico–. Esto no va a salir bien.

Alejandro sonrió enigmático y la agarró de la mano, se la llevó a los labios y la besó.

–Me temo que Edward sabe que te equivocas.

Abby sintió su lengua en la palma de la

mano y en sus sistema nervioso saltó la alarma.

–Sabe que te sigo deseando ¿verdad? ¿Qué pretende? ¿Cree que dejaría a Lauren en paz si te puedo tener a ti?

–¡No digas tonterías!

Abby apartó la mano y se preguntó cómo había sido tan tonta de creer que podría con aquella situación. ¿Cómo había dejado que su hermano la convenciera de que Alejandro la escucharía?

Para su alivio, Alejandro no insistió. Abby sabía que se estaba preparando para la próxima confrontación ya que no se daba por vencido tan fácilmente.

–Vamos –le dijo de repente.

–¿Adónde? –preguntó Abby intentando mantener la calma.

–Al embarcadero, por supuesto –contestó Alejandro sonriendo y abriendo las cristaleras–. Quiero enseñarte mi barco.

¡El barco! A Abby se le había olvidado para qué la había invitado.

–No sé… No se me da muy bien navegar.

–Ya aprenderás –le aseguró Alejandro saliendo al porche.

–Alejandro…

–Vamos –insistió Alejandro un tanto impaciente–. No querrás defraudar a tu hermano, ¿verdad? Edward quiere que quede completamente prendado de ti para poder hacer conmigo lo que quiera.

Capítulo Diez

El barco de Alejandro resultó ser más pequeño de lo que Abby había imaginado. Al igual que su casa, era cómodo y elegante.

Para llegar al barco, habían tenido que cruzar un jardín repleto de flores y árboles. Mientras avanzaba por él, Abby se sintió como en una nube y no supo si era por el olor de las plantas o por la cercanía de Alejandro.

Sintió un gran alivio al llegar a la cubierta porque pudo alejarse de él. Lo cierto era que mientras él soltaba amarras no pudo evitar fijarse en sus nalgas apretadas. Todos sus movimientos eran sensuales. Aquel hombre tenía un atractivo especial al que Abby no se podía resistir.

¡Por Dios!

Se apresuró a apartar los ojos de la tentación y dirigió su mirada al agua. Un par de ojos amarillos la estaban observando.

Abby sintió un escalofrío por todo el cuerpo. Estaba segura de que era un caimán.

Alejandro corrió hacia ella al oírla gritar.

—¿Estás bien?

Abby volvió a mirar y, al darse cuenta de que el animal había desaparecido, se sintió ridícula.

—Me ha parecido ver un caimán —confesó avergonzada—. Ya sé que es imposible. Da igual, se ha ido.

—Entonces, ¿no crees que fuera un caimán?

—No lo sé —contestó sospechando que se estaba burlando de ella—. Sería un zorro o un mapache, pero estaba en el agua y me estaba mirando.

Alejandro sonrió.

—¿Estaría admirando su cena antes de comérsela?

Abby lo miró indignada.

—Sabía que no me ibas a creer —protestó—. Lo cierto es que no estoy acostumbrada a tener animales salvajes en el jardín.

—Yo, tampoco. Te aseguro que no era un caimán.

—¿Y entonces qué era?

Alejandro se encogió de hombros.

—Un manatí, supongo. Antes había muchos, pero ahora están en peligro de extinción por culpa de los barcos.

—¡Oh, qué pena!

—Sí, pero así es la vida. Me gusta que tengas buen corazón.

Abby no supo qué decir y se alegró de que Alejandro cambiara de tema.

—¿Subimos a bordo? Creo que deberías quitarte los zapatos. No me gustaría que te cayeras al agua con ese bicho rondando por ahí.

Abby se dio cuenta de que a Alejandro le debía de parecer ridículo que llevara sandalias de tacón alto, pero no tenía otro calzado.

—Mucho mejor —observó Alejandro mientras Abby se quitaba las sandalias.

Abby pasó a su lado y cruzó la rampa con un único pensamiento en la cabeza: que aquella noche terminara cuanto antes.

Alejandro la siguió y se puso al timón del barco. Dio las luces y Abby se quedó con la boca abierta ante la belleza de la madera pulida y el acero brillante.

Había una escaleras de bajada y Alejandro le indicó que lo siguiera. Al llegar abajo, Abby percibió un delicioso aroma a comida.

Se giró y vio una gran mesa colocada junto a la ventana. Sobre ella había multitud de platos calientes. Obviamente, mientras ellos tomaban la copa de vino en la casa una legión de sirvientes habían estado preparando todo aquello.

–Espero que te guste la comida cubana –murmuró Alejandro.

–Huele de maravilla –contestó Abby–, pero me vas a tener que ir diciendo qué es cada cosa porque solo conozco la langosta.

–Muy bien –sonrió Alejandro–. Vamos allá –añadió agarrando un tenedor y colocándose junto a la mesa.

Metió el tenedor en un arroz con azafrán y sacó un enorme langostino que ofreció a Abby.

Estaba delicioso, jugoso y fresco.

–Langostinos. ¿Te gustan?

–Sí –contestó Abby disfrutando realmente de aquel momento.

Alejandro le ofreció un rollito relleno de verduras y jamón. Tenía un toque agridulce que le encantó.

–Croquetas –le informó–. ¿Te han dicho alguna vez que eres muy fácil de complacer? Muchas mujeres hubieran preferido morir de hambre antes que probar esta comida.

–¿Estas diciendo que soy un caso perdido? –bromeó Abby mirando el suculento trozo de pollo que Alejandro le ofrecía.

–¿Por qué dices eso?

–No sé, supongo que me estabas llamando gorda porque me lo como todo.

–Tú no estás gorda, preciosa. Hazme caso, que lo sé bien. ¿Recuerdas?

Por supuesto que lo recordaba pero no era el momento. No cuando lo tenía tan cerca y cuando se estaba portando tan bien con ella, que estaba a punto de olvidar para qué había ido.

–¿Y esto qué es? –preguntó Abby alejándose de él.

–Ropa vieja –contestó Alejandro–. Es carne de buey guisada y lo que hay al lado es *gumbo*, que no es una especialidad cubana sino de Luisiana. A mí me encanta, espero que a ti te guste.

Abby se temía que le estaba gustando todo demasiado. Por un momento, se preocupó por la cantidad de calorías que estaba ingiriendo porque todos los platos iban acompañados de salsas espesas. Sin embargo, todo estaba tan bueno que pronto se olvidó de las calorías. Además de platos picantes, había muchas más cosas que la tentaban. Plátanos fritos, tartas y frutas variadas.

Ambos se sirvieron y se sentaron en el sofá que había junto a la mesa para disfrutar de su maravillosa cena.

Alejandro puso música latina y pronto los acordes de la salsa y el merengue inundaron la estancia. Aquella música era perfecta para bailar o hacer el amor y Abby estaba deseando hacer cualquiera de las dos cosas con Alejandro.

Se había relajado enormemente porque no la había vuelto a tocar. Era obvio que estaba haciendo todo lo posible para que ella se encontrara a gusto.

Evidentemente, el vino había tenido mucho que ver. Para cuando terminaron de cenar, Abby se había tomado varias copas y se sentía algo mareada.

Era una sensación agradable que la hacía no preocuparse por nada. Se lo estaba pasando de maravilla y no quería estropearlo pensado en...

¡Edward!

Vio la cara de su hermano y recordó para qué había ido allí aquella noche. Para hablar de Edward, no para dejarse seducir por el vino, la música ni el hombre con el que estaba cenando.

No debería haber olvidado las razones que la habían llevado hasta allí ni al culpable de todo ello.

Alejandro.

En ese momento, se levantó y recogió los

platos. Al volver, la invitó a ponerse en pie y Abby se dio cuenta de que la estaba invitando a bailar. En un abrir y cerrar de ojos, se vio entre sus brazos.

–Tenemos que hablar –protestó sintiendo un escalofrío–. Alejandro, no quiero bailar contigo, no he venido para esto.

–No –contestó Alejandro sin soltarla–, pero eso no quiere decir que no podamos pasárnoslo bien. Confía en mí. Ya llegaremos a lo que tú quieres.

¿Confiar en él? Abby sintió unas inmensas ganas de reírse a carcajadas. Sí, claro, confiar en él, como ya había hecho una vez. ¿Cómo iba a confiar en él si no se fiaba ni de sí misma?

Sin embargo, cuando Alejandro comenzó a moverse al ritmo de la música, se olvidó de aquello. La noche, el hipnótico ritmo de la música y su cuerpo la hicieron estremecerse. Alejandro tenía colocada una mano en la espalda y Abby se pregunto qué ocurriría si se relajara y se apoyara en él. ¿Sentiría la prueba erecta de su masculinidad?

Aquello era una locura. Estaban bailando, no preparándose para compartir una noche de sexo. Aun así, Abby solo podía pensar en sexo.

¿Cuántas copas de vino se había tomado?

¿Sería la comida cubana afrodisiaca?

Se sentía mareada y desorientada. Estar allí con Alejandro le parecía irreal. Lo miró a los ojos y él sonrió de manera sensual.

Con las pupilas clavadas en ella, Alejandro le agarró una mano y se la colocó en el muslo.

—¿Quieres ver cómo me pones? —le dijo al oído mordisqueándole el lóbulo de la oreja.

—Alejandro...

La estancia le daba vueltas y le pareció que perdía el equilibrio, así que se agarró a su hombro y, sin querer, su mano terminó en el cuello de Alejandro.

La retiró inmediatamente, pero había sido suficiente para sentir su calor y darse cuenta de que a Alejandro le afectaban tanto sus caricias como a ella las suyas.

—Querida —dijo poniéndole la mano en la entrepierna—, ¿tienes idea de lo que se me está pasando por la cabeza en estos momentos? ¿Sabes la cantidad de veces que he soñado con este momento?

—Alejandro...

—Incluso dices mi nombre de forma diferente a las demás —continuó acariciándole la mejilla—. ¿Recuerdas la noche que pasamos juntos? No nos saciábamos el uno del otro...

–¡Para!

Aquello no podía estar sucediendo. ¿Acaso no tenía vergüenza? ¿Y ella? Estaba prometida, por Dios. ¿Acaso a Alejandro le daba igual? ¿Y a Edward?

–No lo dices en serio.

No la creía. Abby gimió. ¿Por qué no se sorprendía de ello? No estaba preparada para aquello, para prostituirse por su hermano. ¿Qué estaba ocurriendo allí? ¿Por qué nadie le contaba la verdad?

Sintió los dientes de Alejandro en el cuello y se le puso la carne de gallina. De hecho, sin darse cuenta, gimió de placer. Qué maravilla. Inmediatamente, supo que se había excitado. La humedad entre las piernas la delataba.

–¿Te gusta? –le preguntó él acariciándole la espalda–. Qué guapa eres... te lo he dicho ya antes, ¿verdad?

Sí, era cierto. Entonces, lo creyó, pero ahora, no. Solo estaba jugando con ella. Solo quería saber hasta dónde podía llegar, hasta dónde lo iba a dejar llegar. Tenía que parar aquello antes de que fuera demasiado tarde.

–Por favor, Alejandro –suplicó–. Dijiste que harías lo que yo quisiera si... bailaba contigo. No estamos bailando.

–¿Ah, no? –dijo él en tono sensual–. Pero si estamos interpretando el baile más antiguo del mundo.

–No te entiendo –mintió Abby.

–¿No? Me sorprendes, querida. Muy bien, te voy a enseñar cómo actúa Alejandro Varga –dijo besándola sin previo aviso.

A pesar de todo lo que se había dicho, Abby no pudo evitar sentir deseos de besarlo también.

Y Alejandro lo sabía, maldición. Sabía que, si la volvía a besar y la apretaba contra sí para que sintiera su fiera erección, no podría resistirse.

La lucha era desigual. Abby tenía que luchar contra él y contra sí misma.

Alejandro la volvió a besar. Abby sintió la lengua entre los labios y creyó que se ahogaba de placer.

La besó una y otra vez, hasta dejarla sin aliento y mareada por la falta de aire. Sintió ganas de comérselo a besos. Llevaba demasiado tiempo controlándose.

Para ser sincera consigo misma, quería entregarse a él. Sentía las rodillas tan flojas, que agradeció sus manos en el trasero, acariciándola con fuerza y embistiéndola por encima de la ropa.

Abby sintió que la sangre que corría por

sus venas se había convertido en fuego. Todas sus hormonas estaban revolucionadas y sus terminaciones nerviosas, al rojo vivo.

Lo deseaba, deseaba sentir sus manos por todo el cuerpo. Quería desnudarse para él y sentir todo su cuerpo sobre ella.

Cuando Alejandro se inclinó y tomó uno de sus pezones entre los dientes, Abby creyó que se desmayaba y no pudo evitar apretarle la entrepierna para sentir su erección en la palma de la mano.

Alejandro le tomó la cara entre las manos y la besó con fruición. Abby sintió que le daba vueltas la cabeza. Aquello era como un torbellino del que no podía salir.

Las sensaciones que gobernaban su cuerpo eran tan deliciosas, que no podía negárselas. Sus pechos, su vientre y su entrepierna estaban tan sensibilizados que no podía hacer más que mostrarle a él cómo se sentía.

Se moría por entregarse a él. Jamás en la vida se había sentido así.

Con manos temblorosas, le sacó la camisa del pantalón para sentir su piel y, en aquel mismo momento, como si hubiera estado esperando la señal, el cuerpo de Alejandro se tensó y se apartó de ella.

–Creo que ha llegado el momento de que hablemos –anunció.

–¿Ahora? No entiendo –dijo confusa.

–Yo creo que sí, querida –insistió sirviéndose otra copa de vino–. Solo he hecho lo que querías, así que cuéntamelo todo, Abigail. Dime por qué crees que a tu hermano le interesa tanto que retomemos nuestra relación.

Capítulo Once

Abby sacudió la cabeza e, inmediatamente deseó no haberlo hecho. Sintió náuseas y rezó para no vomitar.

«Sería lo último, la humillación final», pensó amargamente.

Tenía que salir de aquello con dignidad y orgullo, pero la comida, el vino y bailar con Alejandro, sobre todo bailar con Alejandro, la habían dejado atontada y vulnerable. Y él lo sabía. Por eso, estaba ahí de pie mirándola divertido con la copa de vino en la mano. A Abby le pareció que se estaba riendo de su debilidad, de lo fácil que había sido convencerla.

Tenía que decir algo. Tenía que quedar por encima de él y demostrarle que no la afectaba su sarcasmo. No tendría sentido fingir que no se había excitado, pero debía convencerlo de que no estaba avergonzada en absoluto de lo que acababa de suceder. Era lo único que podía hacer para intentar quedar bien.

—Lo siento —dijo apartándose el pelo de la cara y colocando las manos en la nuca, a sabiendas de que así sus pechos captaban toda su atención–. Me temo que me había olvidado de Eddie. Qué tontería, ¿verdad? –sonrió–. Perdona, ¿qué me estabas diciendo? ¿Que Eddie quería que estuviéramos juntos?

Alejandro la miró sorprendido y le preguntó si quería otra copa de vino, pero Abby contestó que no. No quería que nada le volviera a turbar el pensamiento.

–¿Qué te hace pensar eso?

Alejandro bebió un poco de vino antes de contestar.

–Bravo –dijo dejando la copa vacía sobre la mesa–. Esperas que olvide quién empezó esta… conversación, ¿no?

–Desde luego, no he sido yo –murmuró Abby nerviosa. Se mojó los labios e intentó hablar con naturalidad–. Me gustaría que me dijeras a qué tiene miedo Eddie. Haces como si lo supieras todo, pero no me explicas nada.

–¿He dicho yo que lo supiera todo?

Abby se dio cuenta de que Alejandro no le iba a contar nada y supuso que tendría que preguntarle a su hermano.

–¿Y qué me dices del robo en su casa? –dijo cambiando de tema–. Cuando lo dije delante de Dolores, hiciste como que no sabías nada, pero ambos sabemos que no fue eso lo que me contaste a mí.

—¿Ah, no?

Una vez más Alejandro se estaba mostrando obtuso y a Abby le costaba creer que pocos minutos antes se hubieran besado con pasión. Sentía todavía la estela de saliva por el cuello, pero Alejandro estaba actuando como si no hubiera pasado nada.

Abby sintió ganas de llorar, pero se contuvo. No podía dejar, bajo ningún concepto, que Alejandro se diera cuenta de que la había herido y humillado.

—¿Y tú qué opinas del robo? ¿También crees que ha sido un drogadicto buscando dinero para su dosis? ¿O habrá sido una advertencia? ¿Será que tu hermano tiene enemigos de los que no sabemos nada?

—¿Qué enemigos?

—¿Quién sabe? Me parece que ya va siendo hora de que se lo preguntes a Edward.

Abby tragó saliva.

—Te lo pregunto a ti.

—Sí, pero no te puedo contestar.

—¿No puedes o no quieres? Te lo estás pasando de lo lindo, ¿verdad?

—¿Con qué?

—Con esto. Confundiéndome. Diciéndome que el robo podría haber sido una advertencia. ¿Por qué no puedes ser sincero conmigo por una vez?

–¿Como tú lo fuiste conmigo?

–¿De qué me estás hablando? –dijo Abby anonadada.

–Da igual –contestó Alejandro–. ¿Quieres más vino?

–No quiero nada. Solo la verdad. Si no quieres contarme nada del robo, al menos, dime por qué Lauren y Eddie están teniendo problemas si no es por ti. Mi hermano está convencido de que Lauren tiene un amante. ¿Sabes tú si es cierto?

–De verdad, eres increíble. ¿Por qué iba yo a saber eso?

–Porque os lleváis bien. Parece que Lauren confía en ti. Si hay alguien que sabe lo que está haciendo, seguro que eres tú.

–Me halagas. Aunque fuera cierto, no te diría nada. Respetaría su confianza exactamente igual que respeto la tuya.

–¿La mía? A mí nunca me has respetado. Muy al contrario, lo único que has hecho es impedirme tener...

Se interrumpió de repente. Por todos los santos, había estado a punto de decirlo. Sintió pánico al darse cuenta de que había estado a punto de desvelar su secreto más íntimo. La confusión del momento había estado a punto de hacerle olvidar las promesas que se había hecho en la cama del hospital.

Intentó recuperar el control y vio que Alejandro esperaba que continuara hablando, pero no lo iba a hacer. Jamás dejaría que supiera lo que le había hecho.

—Me gustaría irme. ¿Me podrías pedir un taxi?

—No hace falta, te llevará Carlos, pero, ¿no vas a terminar la frase?

—No era importante —mintió—. No me encuentro muy bien.

—Perdona si me he propasado, Abigail. No era mi intención, pero soy humano y tú siempre has sido una mujer muy atractiva. Me temo que he dejado que las cosas llegaran demasiado lejos.

—Y tú siempre has sido un... —se mordió la lengua—. Perdone, señor Varga, pero me temo que voy a vomitar.

—¿Está usted bien, señorita? —le preguntó Carlos una vez en el coche mientras se alejaban de la casa.

Abby se preguntó si el chófer se habría dado cuenta de que la actitud de Alejandro al despedirla no había sido la misma que cuando la había recibido. Se había mostrado educado, pero frío.

¿Se habría dado cuenta de la hostilidad existente entre ellos o de la tensión sexual que flotaba en el ambiente?

Se dijo que no le importaba y forzó una sonrisa.

—Estoy bien, gracias, solo un poco cansada. Por el jet lag y esas cosas...

El conductor asintió y Abby se sintió patética. Seguramente, no era ni la primera ni la última mujer que Carlos se llevaba de casa de su jefe en aquellas condiciones.

Fue un gran alivio entrar en la casa de los Esquival y ver que no había ni rastro de ellos. Oyó risas procedentes de la terraza, pero no se acercó. No quería ver a nadie, solo meterse en la cama y olvidar aquella noche.

Subió las escaleras a toda velocidad y cerró la puerta de su habitación. Aquello de esconderse en su dormitorio se estaba convirtiendo en una costumbre. Huir de los problemas no le iba a servir de nada.

Se sintió culpable al pensar en Ross. Sabía que estaría esperando que lo llamara, pero no podía hacerlo. ¿Cómo iba a hablar con su prometido si hacía poco había estado en brazos de otro hombre?

Se desnudó y se dio una ducha fría para intentar borrar el recuerdo de Alejandro de su piel.

Cuando se miró en el espejo, vio que tenía la marca de sus dientes en el cuello. ¿Qué le había hecho? La había marcado como a una res. ¿Para qué? ¿Para dejarle claro que podía con ella o para que su hermano entendiera que no se enviaba a una mujer a hacer el trabajo que debía hacer un hombre?

No conocía sus motivos, pero lo cierto era que iba tener que taparse el cuello para bajar a desayunar a la mañana siguiente. No quería ni pensar en la cara de Dolores y, mucho menos, en la de Lauren y Edward si vieran la marca.

Se metió en la cama a las once, pero no tenía sueño. Estaba cansada, pero su cerebro estaba demasiado activo como para dejarla dormir. No paraba de recordar una y otra vez lo que había ocurrido y se dio cuenta de que el incidente había sido también culpa suya, no solo de Alejandro.

Por supuesto, él había sido el instigador. La había invitado a bailar, pero ella había aceptado la invitación porque quería bailar con él, quería que la abrazara, que la besara y que le hiciera el amor.

Lo deseaba tanto que, si Alejandro no hubiera parado, la noche de hacía dos años se habría repetido.

Pero, ¿por qué? ¿Por qué? ¿Es que acaso no tenía principios y bailar con un hombre era suficiente para querer acostarse con él?

¡No! Aquello solo le sucedía con Alejandro, el hombre al que no había podido olvidar...

Lo había conocido tres días antes de la boda de su hermano.

Llevaba allí solo un día y estaba cansada del viaje. Bajó a la piscina a nadar un rato porque había quedado con su hermano para que le enseñara la ciudad, pero Edward no aparecía por ningún sitio.

Edward compartía piso con los otros dos cocineros del restaurante del que eran propietarios los Esquival y, de hecho, Abby se había dado cuenta la noche anterior de que el trato entre ellos era más propio de empleado y jefes que de yerno y suegros.

Menos mal que era obvio que Lauren estaba completamente enamorada de su futuro marido. Desde el principio, había tratado a Abby como a la hermana que nunca había tenido y la había interrogado profusamente sobre la infancia de Edward.

Parecían muy felices juntos y, por primera vez en su vida, sintió que su hermano podía valerse por sí mismo.

Al terminar de nadar, vio una silueta masculina junto a la piscina.

Al principio, creyó que era Edward, pero pronto se dio cuenta de que era un hombre mucho más alto y moreno. A pesar del calor, llevaba traje y tenía las manos en los bolsillos en una actitud sexy.

Abby intentó recordar si lo había conocido en la noche anterior, cuando le habían presentado a la familia de Lauren. No, imposible. Si le hubieran presentado a aquel hombre, se acordaría de él.

Salió de la piscina y se secó con una toalla. Acto seguido, se giró hacia el desconocido y sonrió tímidamente.

–Hace un día precioso aunque, claro, supongo que usted estará acostumbrado a este tiempo.

–Supongo –contestó él sonriendo–. Es usted la hermana de Edward, ¿verdad? ¿Abigail?

Abby tragó saliva.

–Sí. ¿Nos han presentado? –añadió yendo hacia él para estrecharle la mano.

–Desgraciadamente, no –contestó plantándole un beso en cada mejilla–. Bienvenida a Miami, Abigail. Encantado de conocerla.

Abby lo miró a los ojos sin poder contestar. La habían dejado sin palabras aquellos dos besos tan espontáneos.

–¿Y usted es...?

–Perdón, soy el primo de Dolores, Alejandro Varga. Espero que le esté gustando Florida tanto como para querer volver.

–Sí, sí, claro –contestó Abby dándose cuenta de que se le estaba cayendo la toalla–. Eso espero.

Alejandro sonrió y Abby se dio cuenta de que se había sonrojado.

–Bien, no la entretengo más –comentó Alejandro alejándose–. Seguro que nos volvemos a ver muy pronto. Hasta luego.

–Hasta luego –murmuró Abby sin saber muy bien qué decía.

Mientras corría escaleras arriba para entrar en la casa, se sintió como una quinceañera. Alejandro debía de haber pensado que era boba y poco sofisticada. No había sido más que un encuentro casual y ella se había comportado como una adolescente.

Seguro que Alejandro había decidido que no estaba acostumbrada a tratar con hombres, lo que, desgraciadamente, era cierto.

¡Qué diferente era a los demás! ¡Cómo se había sentido al salir del agua y ver que la estaba mirando! ¿Por qué le interesaba tanto aquel desconocido?

A pesar de sus promesas, Edward tenía muchas cosas que hacer y sus suegros debían ocuparse de que la casa estuviera perfecta para la celebración, así que Abby se encontró sola y con mucho tiempo. Podía bañarse en la piscina y tomar el sol, pero se sentía inútil y siempre en medio.

Durante la cena del segundo día, sugirió que le apetecería salir a dar una vuelta.

—No conoces la ciudad, Abigail —objetó Luis—. Seguro que tu hermano saca tiempo de donde sea para acompañarte, ¿verdad, Edward?

Por supuesto, Edward dijo que sí, pero a la mañana siguiente la volvió a dejar plantada.

El que sí apareció fue Alejandro.

—¿Está sola? —le preguntó viéndola sentada en una butaca de la terraza mirando al horizonte.

—Sí —contesto Abby dando un respingo—. Dolores está por aquí. ¿Quiere que vaya a buscarla?

—No —contestó Alejandro—. No he venido

a verla a ella. Seguro que mi prima está muy ocupada asegurándose de que todo esté perfecto para la boda de su hija –sonrió–. ¿Y usted qué va a hacer hoy? –le preguntó sentándose en la butaca de al lado–. ¿No la va a llevar Edward a dar una vuelta?

–No lo sé. Está muy ocupado. Ayer, por ejemplo, llegó a la hora de cenar. Como ya sabrá, se van de luna de miel a Bali y no quiere que haya ningún problema con los pasaportes, las maletas, el hotel y esas cosas.

–Creí que de todo eso se ocupaba la agencia de viajes –comentó Alejandro–. Supongo que Edward es como Dolores, se preocupan demasiado.

Abby no opinaba igual. Su hermano no se había preocupado jamás por nada, pero se calló. Al fin y al cabo, aquel hombre era un desconocido y no tenía por qué contarle nada de su hermano.

–¿Qué le parece si hago yo de guía turístico para usted? Nací en La Habana, pero llevo más de veinte años en Miami y lo conozco muy bien.

Abby se sonrojó.

–No hace falta... quiero decir, puedo esperar a...

–¿Edward? Sí, claro, pero yo estoy aquí y

le ofrezco mi compañía. ¿Qué me dice?

¿Qué podía decir? ¿Qué debía decir? Quería ir, pero, ¿qué le parecería a su hermano?

¿Le importaba acaso?

—Es muy amable por su parte —murmuró—, pero tendría que cambiarme...

—Muy bien —contestó Alejandro poniéndose en pie al mismo tiempo que ella.

Al hacerlo, sus brazos se rozaron y Abby no pudo evitar ahogar un grito de sorpresa.

—Perdón, soy un patoso. ¿Le he hecho daño?

—No, en absoluto —le aseguró Abby apartándose de él confundida—. Voy a cambiarme y ahora mismo bajo.

Capítulo Doce

Abby estuvo unos minutos mojándose la cara con agua fría, pero no le sirvió de mucho. Se miró en el espejo del baño y vio que se había sonrojado. Normal. No todos los días salía una con un hombre tan guapo como Alejandro Varga.

No sabía si la había invitado porque sentía lástima de ella o por otra cosa, pero estaba dispuesta a disfrutar de la experiencia.

Por suerte, se había llevado ropa bonita y eligió un vestido color crema con escote ribeteado en encaje que era corto y realzaba sus larguísimas piernas.

No estaba escuálida, pero sí delgada, eso no lo podía negar. Se peinó con dos trenzas para intentar domar su pelo y se puso unas sandalias que la hicieron crecer un par de centímetros.

Al bajar y ver la cara de Alejandro, se dio cuenta de que había elegido bien su conjunto.

—Le he dicho a Dolores que iba a salir —le comentó—. Está preciosa. Vamos, tengo el coche fuera.

–¿Y Lauren?

–Me ha dicho su madre que tiene la última prueba del vestido –contestó Alejandro conduciéndola hacia la puerta–. Dígale a la señora que la señorita volverá después de comer –añadió dirigiéndose a la doncella.

–¿No debería ir a despedirme de Dolores? –preguntó Abby alarmada.

Alejandro sonrió burlón.

–Si quiere arriesgarse a que venga de carabina, adelante –contestó–. Me parece que cree que su hermano viene con nosotros y, la verdad, no he dicho nada para sacarla de su error.

–Bueno... –murmuró Abby dándose cuenta de que, probablemente, se estaba arriesgando demasiado saliendo con él a solas–. Muy bien, hace un día estupendo y sería una pena desperdiciarlo quedándome encerrada en casa –añadió saliendo.

Alejandro le abrió la puerta del coche que los estaba esperando y se puso al volante.

–Me va a perdonar el atrevimiento, pero la quería solo para mí –confesó poniendo el vehículo en marcha.

Abby no contestó. No sabía cuáles

habían sido sus motivos para invitarla a dar una vuelta, pero ya se preocuparía de las consecuencias cuando volviera.

La llevó a Miami Beach, donde se bajaron del coche y anduvieron entre los bares, los cafés y los hoteles del bulevar. Le enseñó la mansión de un famoso diseñador de moda y le contó que había sido asesinado en las mismísimas escaleras de su casa. Cerca, se tomaron un café en el News Café, donde se reunía lo más selecto de la ciudad en busca de cotilleos.

A continuación, fueron al centro de la ciudad y Abby se maravilló de la diversidad cultural de la misma. Allí, los rascacielos modernos convivían con humildes casas bajas en las que había tiendas de clientela suramericana.

Alejandro aparcó el coche y la llevó a un par de museos que hicieron las delicias de Abby y, para rematar la mañana, la llevó a comer a un restaurante situado en uno de los edificios más altos de la ciudad. Desde allí, la vista que tenían del mar y del cielo era impresionante y Abby se dijo que jamás la olvidaría.

Se alegraba sobremanera de no haberse negado a la invitación de Alejandro, que resultó un guía estupendo del que aprendió muchas cosas.

Tras disfrutar de gambas, queso y fruta, mientras saboreaban un delicioso café, Alejandro le preguntó qué tal se lo había pasado.

—¿Y me lo pregunta? —contestó Abby sorprendida. Al mirarlo, vio en sus ojos un brillo especial que le dejó claro que la pregunta iba más allá del mero turismo—. ¿Y usted? —se atrevió.

—¿Y me lo pregunta? —parafraseó Alejandro sonriendo—. Sí, me lo he pasado estupendamente. Es usted maravillosa.

—Le agradezco que se haya tomado la molestia de...

—No, no me dé las gracias, por favor. Haber podido disfrutar de su compañía es más que suficiente para mí. Debería ser yo el que le diera las gracias a usted.

Abby sonrió sin remedio. ¡Era tan encantador! Siempre decía las palabras precisas.

—Es usted un hombre muy agradable, señor Varga, pero estoy segura de que tiene cosas más interesantes que hacer que enseñarme la ciudad.

Alejandro se encogió de hombros.

—¿Y, si le digo que no es así, qué me diría?

Abby sintió que se sonrojaba.

–Le diría que está usted siendo educado, pero no del todo sincero.

–¿No?

–No –suspiró Abby–. Es usted primo de Dolores, ¿verdad? Sí, ha ido a su casa por segundo día consecutivo y se ha encontrado, también por segundo día consecutivo, a la misma chica sola. Yo diría que me ha invitado usted a salir porque le he dado pena.

–¿Es esa la impresión que le he dado? –preguntó Alejandro echándose hacia atrás en la silla.

–No –contestó Abby sinceramente–, pero enseñarle la ciudad a una desconocida puede resultar aburrido porque uno ya se conoce todos los sitios. Eddie odia ir a los museos, por ejemplo. Lo cierto es que no le interesa nada el pasado.

–Así que he librado a su hermano de una tortura, ¿eh?

–Supongo –sonrió Abby–. Seguro que le está agradecido.

–¿Usted cree?

–Por supuesto –contestó rezando para que así fuera–. ¿Conoce bien a mi hermano?

–Nos han presentado. Tengo entendido que trabaja en uno de los restaurantes de

Luis, ¿no?

—Sí, así conoció a Lauren. Se vino a los Estados Unidos hace dos años.

—Ah —dijo Alejandro—. ¿Y usted es el único miembro de la familia que viene a su boda?

—Sí, aparte de unos cuantos primos lejanos, no tenemos más familia. Nuestro padre... murió hace unos años.

—¿Y su madre?

—No, ella no... Nuestra madre nos abandonó cuando éramos pequeños y no la hemos visto desde entonces.

—Ya veo —dijo Alejandro frunciendo el ceño—. Supongo que, entonces, se sentiría usted muy sola cuando su hermano decidió abandonar Inglaterra. ¿Nunca consideró irse con él?

—No —contestó Abby—, no quería estropeárselo todo.

—¿Qué quiere decir?

—Bueno, Eddie ya tenía trabajo y yo, no.

¿Cómo le iba a decir a aquel hombre que Eddie se había ido persiguiendo a Selina Steward cuando se iba a casar con la hija de su prima?

—Entiendo —dijo Alejandro pensativo—. ¿Y usted también trabaja en hostelería?

—No, soy profesora. Doy clases de inglés.

Me temo que no tiene nada de glamour.

—Eso depende de cómo se mire, ¿sabe?

—¿Y usted, señor Varga? ¿Usted también trabaja en hostelería?

—No directamente. Me dedico a muchas cosas y ninguna de ellas tiene glamour ni interés.

—Seguro que eso no es cierto. No ha nacido aquí, ¿verdad? ¿Su familia sigue en Cuba?

Alejandro tardó tanto en contestar, que Abby pensó que no lo iba a hacer.

—Tengo parientes que siguen viviendo allí, sí, que no quieren dejar su patria, pero también tengo otros que se han venido para acá. Cuando mi abuelo decidió venirse a los Estados Unidos, mi padre y mi madre decidieron venirse con él.

—¿Y a su madre no le importó dejar a su familia en Cuba?

—No, mi madre es estadounidense.

—Ah —dijo Abby entendiendo por qué Alejandro tenía aquella mezcla de caballerosidad española y sofisticación americana—. ¿Y cómo se conocieron?

—¿Lo dice por la hostilidad que existe entre Estados Unidos y Cuba? No le parece una unión muy normal ¿verdad?

—No, solo era curiosidad, pero, si no me

lo quiere contar, no pasa nada –dijo Abby avergonzada.

–No, no, no es eso en absoluto –le aseguró Alejandro encogiéndose de hombros–. Mi madre era enfermera y estaba trabajando en Cuba cuando se produjo la revolución. Se refugió en casa de la familia de mi padre y se enamoró de él. Se casaron en 1960, coincidiendo con el embargo económico de Estados Unidos a Cuba, y yo nací un año después.

–Es una historia preciosa.

–¿Le parece? Sí, lo cierto es que se quieren. Al principio, fue duro pues llegaron aquí sin nada, pero mi abuelo era un hombre de mente empresarial e invirtió lo poco que tenía en la industria turística. Cuando mi padre heredó, ya era una empresa importante y yo... bueno yo, he tenido mucha suerte.

Abby pensó que, además de suerte, Alejandro tenía aspecto de ser un hombre muy inteligente.

–¿Sus abuelos siguen viviendo?.

–Desgraciadamente, no. Mi padre sí, pero mi madre murió hace cinco años.

–¿Tiene usted hermanos?

–Sí, dos hermanos y tres hermanas. Ya sabe usted que las familia cubanas tienen muchos hijos. Los únicos que vivimos en Florida somos mi hermana mayor y yo, los demás están diseminados por el país.

—Pero supongo que los verá a menudo —dijo Abby pensado en lo bonito que era tener una gran familia—. Espero que Eddie y Lauren tengan hijos pronto. Me muero de ganas de ser tía.

—¿Y madre? Supongo que querrá usted tener hijos.

—Sí, por supuesto, pero no soy yo quien se casa sino Eddie.

—No hace falta estar casado para tener hijos.

Abby se imaginó así misma con el hijo de aquel hombre y se apresuró a quitarse semejante pensamiento de la cabeza.

—Bueno, como no tengo novio en estos momentos, es imposible —murmuró—. Eh... ¿no cree que deberíamos volver?

A diferencia de lo que Alejandro le había dicho, a Dolores no le hizo ninguna gracia saber dónde había estado Abby ni con quién. Fue obvio que a la madre de Lauren no le gustó que Abby abusara de la generosidad de Alejandro.

Al principio Abby se sintió culpable, pero

Alejandro no se había quejado ni ella lo había obligado a invitarla a salir, así que pronto se tranquilizó.

Cuando la llamó a la mañana siguiente para invitarla a cenar en un famoso restaurante de South Beach, no dudó en aceptar.

¿Por qué no iba a divertirse un poco? Al fin y al cabo, Edward y los Esquival estaban muy ocupados.

La velada resultó tan maravillosa como había esperado. Aunque Dolores mostró su desaprobación a Alejandro le dio igual.

–La gente va hablar –le advirtió Dolores.

–Pues que hablen –contestó Alejandro sonriendo–. Adiós, Luis, prometo devolverte a tu invitada sana y salva.

Comenzaron la noche yendo a un bar de moda en Ocean Drive donde se codearon con varios famosos de Hollywood.

Después, Alejandro la llevó a cenar a un local mucho más exclusivo. Se trataba de un local de comida india en el Abby disfrutó de la mezcla de especias y hierbas que caracterizaba la comida de aquel país.

Tras la cena, fueron a dar un paseo y Abby ahogó un grito de sorpresa cuando Alejandro la agarró de la mano.

Aunque se había dado cuenta de que le gustaba, no estaba preparada para que la besara. Inmediatamente, el fuego se desató entre los dos y siguieron besándose hasta que Abby creyó que las rodillas no la iban a sostener.

La habían besado antes, por supuesto, pero no así. Aquel hombre estaba despertando en ella necesidades que nunca había sentido.

Sin pensar, se agarró a las solapas de su esmoquin para intentar recuperar el control. La gente desapareció y la música se diluyó mientras ella se ahogaba en el sensual ardor de sus caricias.

Sintió sus manos en la cintura y se apretó contra él para sentir su erección.

—Ahora, no. No es el lugar ni el momento —dijo Alejandro—. Mañana, ¿de acuerdo? Mañana continuaremos después de la boda. Iremos a un sitio donde podamos estar solos.

Abby pensó que aquello no se iba a repetir, que Alejandro se arrepentiría de lo que había dicho pues no tenían nada en común.

«Excepto el mutuo deseo de arrancarnos la ropa el uno al otro», pensó aquella noche antes de dormirse.

La boda se celebró a última hora de la tarde. Lauren estaba preciosa y Abby se sentía inmensamente orgullosa de su hermano.

Como Alejandro había dicho, Dolores se había encargado de que todo estuviera perfecto. La cena fue amenizada por una orquesta mientras los invitados degustaban mariscos y carnes, vinos y champán. Los recién casados bailaron el vals y se prepararon para irse de luna de miel.

Cuando salieron para el aeropuerto, Abby, que se había sentido como una intrusa la mayor parte de la boda, se quitó los zapatos de tacón. Se alegraba mucho de que todo hubiera salido bien, pero también de que se hubiera terminado. La mayor parte de los amigos de los Esquival era de ascendencia cubana y tenía poco en común con ellos.

«Menos con Alejandro», pensó tumbándose en un sofá del porche.

Dolores se había encargado de acapararlo toda la noche para que no se pudiera acercar a ella y él, todo un caballero, no había protestado.

–¿Te escondes? –dijo su voz desde la oscuridad.

–No... solo estaba descansando los pies –contestó Abby–. Ha sido una noche muy larga.

–Y bonita –remarcó Alejandro sentándose en la misma tumbona y masajeándole los pies

—Sí, muy bonita —contestó Abby avergonzada—. No hace falta que me des masaje.

—Pero te está gustando, ¿verdad? —dijo Alejandro—. Sí, lo veo en tus ojos. Tus ojos te delatan.

—Aun así... ¿No deberías estar con los demás invitados? El baile continúa. Seguro que Dolores te andará buscando.

—Ya he cumplido —contestó Alejandro sonriendo—. Los novios ya se han ido, así que el resto de la noche es mía. Nuestra —se corrigió—. Vamos, quiero llevarte a dar una vuelta en coche.

Abby sabía que debía negarse, que a Dolores no le gustaría y, además, tenía que hacer la maleta porque se iba al día siguiente.

Los Esquival estaban muy ocupados con sus invitados y no se dieron cuenta de que se iban, así que Abby dejó que Alejandro la alejara de allí en su descapotable negro.

Condujeron un rato a la orilla del mar, cuya brisa le enredó los mechones de pelo que se le escapaban del moño francés que se había hecho para la boda. Alejandro alargó el brazo y le acarició la nuca.

Se dirigieron a un barrio residencial lleno de mansiones. La de Alejandro estaba en

Old Okra Road y se trataba de un precioso edificio de origen colonial lleno de flores. Los recibió un mayordomo que se retiró para que Alejandro le enseñara la casa a solas.

Abby recordaba la inmensa chimenea que cubría casi una pared entera del salón y la enorme piscina iluminada desde dentro del agua. Y, cómo no, recordaba el dormitorio principal y la cama que había en el centro.

Alejandro sirvió dos copas de vino y abrió las puertas que daban al patio. Salieron y Abby le dijo lo bonita que era la piscina.

–Tienes suerte. Con este clima, supongo que podrás utilizarla todo el año –observó.

Alejandro se encogió de hombros.

–Aquí también hace frío de vez en cuando e incluso tenemos algún que otro tornado –rio–. ¿Te gusta nadar?

–Mucho –contestó Abby probando el vino y preguntándose si estaría recordando cómo se habían conocido.

–¿Te apetece bañarte? –sugirió.

–¿Ahora?

–Sí, ¿por qué no? ¿Nunca te has bañado de noche?

–No –admitió.

–¿Qué me dices entonces?

Abby negó con la cabeza.

–No tengo bañador.

–¿Para qué lo quieres? –dijo Alejandro acariciándole el brazo–. Aquí nos gusta nadar desnudos, es mucho más divertido.

Abby no lo ponía en duda, como tampoco dudaba que Alejandro ya lo habría hecho otras veces, pero ella, no. Nunca se había desnudado delante de un hombre.

–No creo que...

Alejandro dejó su copa de vino, se quitó la chaqueta y la corbata y comenzó a desabrocharse la camisa. Tenía la piel del pecho bronceada y cubierta por una fina capa de vello negro.

Abby dejó de mirar cuando se dispuso a quitarse el cinturón. Entonces, se dio cuenta de que estaba dispuesto a llegar al final.

–No tienes por qué tener miedo –le dijo–. Solo quiero que te diviertas, que te quites los prejuicios que te impiden pasártelo bien.

–No puedo –contestó Abby bebiéndose el vino de un trago–. Si quieres bañarte, adelante, yo te espero dentro –añadió girándose.

–Pobrecita –dijo Alejandro agarrándola–.

Eres tímida, ¿eh? ¿Te he hecho pasar un mal rato? ¿No quieres refrescarte?

Claro que quería, pero le daba vergüenza quitarse la ropa. Era una gran tentación, pero no tenía valor.

–Sé que sería una maravilla, pero no puedo –balbuceó–. Apenas nos conocemos.

–Muy bien –dijo Alejandro soltándola.

Se quedó junto a la puerta sin saber qué hacer ni qué decir y, entonces, oyó una zambullida y se dio cuenta de que Alejandro se había tirado al agua. No pudo evitar darse la vuelta y verlo aparecer de debajo del agua, apartarse el pelo de la cara y sonreír de una forma que erizó el vello de la nuca.

–Madre mía, no estoy en forma –se quejó–. Voy a tener que empezar a hacer deporte todos los días otra vez.

Aquello no era cierto. Por lo que Abby había visto, Alejandro tenía un cuerpo estupendo. Solo lo estaba diciendo para hacerla sentir mejor. Tal vez creyera que no se quería desnudar porque estaba gorda.

–¿Está fría? –preguntó incapaz de entrar en la casa.

–Pruébala –la tentó.

Abby se acercó y metió la mano. Estaba caliente y tentadora. Una pena que no tuviera valor para nadar con él. Podía ser la única oportunidad de su vida de nadar desnuda.

—¿Qué te da miedo? —le preguntó Alejandro acercándose al bordillo—. Te prometo que mantendré las distancias. Te dejo que no te quites la ropa interior, si así te quedas más tranquila.

Abby suspiró recordando que la ropa interior que llevaba apenas cubría nada. El conjunto de encaje color crema estaba diseñado para enseñar más que para tapar.

—No lo entiendes —le dijo nerviosa—. No soy como tú, Alejandro. No estoy acostumbrada a desnudarme delante de gente que no conozco.

—¿A mí no me conoces? —le dijo con dulzura—. Te aseguro que no me suelo ir desnudando por ahí delante de desconocidas, pero estamos solos, nadie nos ve. Nadie te ve, solo yo.

Aquello era, precisamente, lo que le daba miedo.

Pero...

¿Qué tenía que perder? No era virgen. Pero su única experiencia había sido en el asiento trasero de un coche y había terminado tan rápido como había empezado. Sin embargo, no tenía miedo del sexo sino de sufrir emocionalmente.

Alejandro Varga era un hombre especial y en un par de días le había arrebatado el corazón.

Capítulo Trece

Como si no fuera a seguir insistiendo, Alejandro se alejó de ella nadando y Abby no pudo remediar fijarse en sus nalgas, fuertes y firmes.

Ahogó un grito de sorpresa y probó el agua con el pie. Si pensárselo dos veces, se quitó las sandalias y se desabrochó el vestido, lo tiró rápidamente y se apresuró a meterse en el agua.

No pensó en nada, y menos en Alejandro, solo nadó.

Sabía que Alejandro se debía de haber dado cuenta de que estaba en el agua, pero no quería plantearse qué iba a ocurrir a continuación. Solo le quedaba una noche allí, una noche para hacer locuras, y al día siguiente, cuando tomara el avión de regreso a casa, volvería a ser la Abby seria y prudente de siempre.

Alejandro asomó la cabeza a pocos metros de ella y Abby no pudo evitar taparse el pecho con la mano. La ropa interior mojada se transparentaba completamente y resultaba sugerente.

–Veo que has cambiado de opinión –sonrió Alejandro sin acercarse.

–Tenía calor. No te importa, ¿verdad?

«¡Qué pregunta tan ridícula!», pensó al instante.

–¿Por qué me iba a importar? En mi casa, puedes hacer lo que te venga en gana –contestó mirándola como un lobo hambriento.

–Es una piscina muy grande –dijo por decir algo.

–El tamaño no lo es todo –apuntó Alejandro–. Eso dicen, ¿no? A mí me parece que depende de lo que sea, ¿no crees?

Abby se sonrojó de pies a cabeza. Sus palabras eran como caricias provocativas. Nunca había conocido a nadie que jugara así con el idioma.

–A mí me parece una piscina muy grande –insistió–. Es más grande que la de los Esquival y parece también más profunda. ¿Cuánto cubre, por cierto?

Para su zozobra, Alejandro nadó hacia ella lentamente.

–Tiene veinticinco metros de largo y cuatro de profundidad en la parte más profunda –contestó con solemnidad–. Sé lo que te propones.

Abby dio un paso atrás, pero tenía el

borde de la piscina a la espalda, así que no pudo ir muy lejos.

—Intento interesarme por lo que me rodea —contestó—. Tú estás acostumbrado a estas cosas, pero yo, no.

Alejandro le puso un brazo a cada lado del cuerpo y se agarró al bordillo.

—No, estás intentando distraerme —dijo con voz melosa—. Crees que hablando de cosas banales como la piscina me voy a olvidar de por qué te he traído —añadió mirándole sin reparo el escote y fijándose en sus pezones erectos—. Ni hablar, preciosa. Estaría loco si no quisiera hacerte el amor.

Abby intentó no perder el control.

—Creí que me habías invitado para bañarnos —dijo—. Para eso he venido.

—Ah, veo que eres toda una mentirosa —dijo Alejandro divertido acariciándole la nuca—. ¿No te has dado cuenta de que tu cuerpo te traiciona? ¿No te das cuenta de que tienes tantas ganas como yo de quitarte esto? —añadió bajándole un tirante del sujetador.

Abby intentó volvérselo a subir, pero él fue más rápido, deslizó ambas manos por su espalda y le soltó el sujetador.

—¡No! —exclamó Abby con los pechos al aire—. No he venido para... acostarme contigo. No suelo hacer esas cosas.

Alejandro no contestó. Se limitó a besarla con pasión.

–Ah, preciosa, cómo te deseo. Bésame. Quiero hacerte el amor.

Abby sintió que sus defensas se rendían. Su cuerpo desnudo contra el de ella era demasiado. Se besaron sin parar durante un buen rato, se acariciaron y se exploraron. Abby deseó no llevar las braguitas puestas todavía, pero a Alejandro no parecían molestarle. Deslizó la mano dentro de ellas y encontró el sitio exacto donde ella quería que la acariciara.

–¡Dios mío! –exclamó Abby.

–¿Mejor? –dijo apretándose contra ella para que sintiera su erección.

Abby asintió y lo abrazó de la cintura con las piernas para demostrarle su entusiasmo.

–Aquí, no, preciosa –dijo él–. Quiero amarte, tumbarte en mi cama y demostrarte cuánto te deseo.

Sin embargo, todavía se tomó su tiempo chupándole los pezones antes de sacarla en brazos de la piscina. Al verse de pie, Abby creyó que las piernas le iban a fallar. Jamás había deseado así a nadie.

–Vamos –dijo tomándola de la mano y

llevándola hacia el interior de la casa–. Si voy demasiado deprisa, me lo dices. Quiero que disfrutes tanto como yo.

La volvió a tomar en brazos y la llevó a su dormitorio, situado en la planta superior. Abby no podía dejar de mirarlo.

En su habitación, había una gran cama en el centro con una colcha de raso iluminada solamente por una luz indirecta que creaba sugerentes sombras.

–Estoy mojada –protestó cuando Alejandro la tumbó en ella.

–Lo sé –contestó tumbándose a su lado y tocándole la entrepierna.

–No... no me refería a eso –dijo Abby en un hilo de voz.

–Ya lo sé –sonrió Alejandro–, pero te aseguro que pronto estarás seca. Con el calor que exhalan nuestros cuerpos juntos podríamos secar la piscina entera, ¿no crees?

–Alejandro...

–Tranquila –le dijo besándola con dulzura y dirigiéndose a hacer lo mismo entre sus piernas–. Qué bien sabes –añadió besándola en la boca para compartir con ella la prueba de su excitación.

Abby sintió que la cabeza le daba vueltas. Alejandro le dedicó el mismo mimo a todas y cada una las partes de su cuerpo. Sus muslos, sus hombros, sus pechos, todas recibieron sus caricias y su entrega.

Abby le tomó la erección entre las manos y la acarició. Entonces, Alejandro gimió de placer.

—Tengo que poseerte —dijo apretando los dientes e introduciéndose en su cuerpo—. ¡Maldición! —añadió de repente.

—¿Qué ocurre?

—Me he dejado la cartera en la piscina.

—¿Y? —preguntó Abby confusa.

—Que no tengo preservativos. Voy a tener que bajar un momento.

—Oh, no, por favor. No puedo aguantar —le suplicó—. Por favor, no te vayas.

Ahora, dos años después, sola en su cama, Abby se dio cuenta de que toda la culpa de lo que había sucedido después no había sido de Alejandro.

Debía de haber creído que estaba tomando la píldora, pero no era así. Por eso, no le costó mucho convencerlo de que no bajara a la piscina por los preservativos.

Se metió en su cuerpo con una potente embestida que la dejó sin respiración. Tenía un miembro tan grande que no había comenzado a moverse y Abby ya había tenido un orgasmo.

Lo cierto era que, por mucho que le doliera, gracias a Alejandro había descubierto aquella noche el potencial de su sensualidad y de su cuerpo. Recordaba cómo la había besado y acariciado hasta llegar ambos a la vez al clímax.

Abby gritó su nombre solo un segundo antes de que Alejandro, jadeante, cayera en sus brazos. Sudados y con los ojos turbados, se abrazaron mientras Abby sentía cómo su semilla caliente se esparcía por su cuerpo.

Abby le dio las gracias mentalmente por enseñarle lo maravilloso que era el sexo, sin darse cuenta, ingenua de ella, de lo que acababa de ocurrir.

Volvieron a hacer el amor y se ducharon antes de vestirse y de volver a casa de los Esquival.

Debería haberle dicho que se iba a la tarde siguiente, pero no le pareció oportuno por temor a que creyera que le estaba pidiendo algo. ¿Cómo podía creer que lo que había ocurrido había sido igual para él que para ella?

Tuvieron que transcurrir varias semanas desde su vuelta a Londres para que se diera cuenta de que estaba embarazada. Le preguntó a su hermano por Alejandro y Edward le dijo que estaba casado.

Un par de semanas después, perdió al bebé y se dijo que era lo mejor.

Pero no lo había sido.

Abby lloró amargamente al recordar las palabras de los médicos. Tras el aborto, había contraído una infección y le habían advertido que, seguramente, no podría tener hijos.

Se lo había contado a Ross cuando le había pedido que casara con él, pero no le había dicho cómo había sucedido. De todas formas, él le había asegurado que no le gustaban los niños y que no quería tener hijos. Abby no había sabido si sentirse aliviada o desgraciada porque ella quería tenerlos aunque fueran adoptados.

«Por eso, protejo tanto a Edward», pensó.

A pesar de la distancia, se seguía sintiendo responsable de él. Siempre discutía con Ross por ello. Se preguntó si debía casarse con él...

«Ni con él ni con nadie», se dijo dándose cuenta de que nunca se había olvidado de Alejandro.

Capítulo Catorce

A la mañana siguiente, Abby pudo hablar con Edward a solas.

Por una vez, su hermano parecía encantado de hablar con ella. Abby sabía que era porque había cenado con Alejandro la noche anterior y Edward quería que le contará cuáles habían sido los resultados.

A Abby le dolió aquello. ¿Acaso no le importaban sus sentimientos?

Había decidido volver a Inglaterra aquella misma noche. De hecho, ya había llamado al aeropuerto antes de bajar a desayunar. Se había sentido contenta y decepcionada a la vez cuando le habían dicho que no había problema de billetes.

Contenta porque no tendría que volver a ver a Alejandro y decepcionada porque su visita no había servido para solucionar nada. Más bien, al contrario.

Sabía que huir era de cobardes, pero no podía evitarlo. No podía soportar la idea de volver a ver a Alejandro sabiendo lo que sabía. Huir era la única opción para salir de aquella situación con algo de dignidad.

—¡Hola! —la saludó su hermano sentándose en la terraza junto a ella.

—Hola —contestó Abby—. ¿Y Lauren?

—No sé —contestó Edward mirándola con curiosidad—. Creo que duchándose. ¿Importa acaso?

—Podría.

—¿Qué ocurre? —preguntó Edward dándose cuenta de que su hermana estaba más fría que de costumbre.

—¿Por qué no me lo dices tú? ¿Por qué no me cuentas la verdad de una vez por todas?

—No sé de qué me hablas —se defendió Edward.

—¿Ah, no? —dijo Abby enarcando las cejas.

—Ya entiendo —apuntó su hermano—. Esto es por algo que pasó en la cena de anoche, ¿no? Venga, escúpelo. ¿Qué mentiras te ha contado Varga sobre mí?

Abby lo miró fijamente y comprendió lo que estaba intentando hacer. Gracias a Alejandro, estaba empezando a ver a su hermano tal cual era. En todo caso, Edward estaba intentando ponerla nerviosa para que le contara todo lo que Varga le había dicho.

—¿Por qué crees que Alejandro me iba a hablar de ti? —preguntó de forma inocente—.

Creí que lo único que debía hacer era convencerlo para que dejara a Lauren en paz.

—Claro, por supuesto, pero lo conozco mejor que tú. Sería muy típico de él intentar ponerte en mi contra.

—No entiendo por qué —contestó Abby—. ¿Qué me iba a decir Alejandro para conseguir algo así?

—No lo sé —dijo Edward nervioso—. Quizás exagerar el hecho de que nunca tengo dinero.

—¿Nunca tienes dinero? ¿Qué me estás diciendo? —dijo Abby preocupada—. ¿Luis no te paga un salario digno? Perdona, pero no me lo creo.

—¿Por qué no? —se defendió Edward—. No tienes ni idea de cómo es esta gente, Abby. Me exigen que justifique en qué me gasto hasta el último centavo. Cada vez que se me ocurre ir al hipódromo, allí está Luis...

—¿Has vuelto a ir a las carreras? ¡Oh, Edward! —exclamó—. Creí que lo habías superado.

—¡Déjame en paz, Abby! ¡Ya tengo bastante con mi mujer dándome la lata! Con algo me tengo que divertir. Te aseguro que ser el yerno de los Esquival no es muy divertido.

—Y Alejandro lo sabe, ¿verdad? ¿Sabe que

tienes problemas de juego?

—Creo que sí —contestó Eddie en voz baja—. Y todo lo demás también. Aquí todos se conocen. Yo creo que conoce hasta a los matones de las carreras.

—¿Qué matones?

—Nada, nada —contestó Edward poniéndose en pie con ayuda de las muletas—. No es asunto tuyo.

—¿Le debes dinero a Alejandro? —preguntó Abby poniéndole la mano en el brazo para que se fuera—. ¿Es por eso?

—No —contestó Edward enfadado—. ¿Qué te crees? Si le debiera dinero a Alejandro, los Esquival se habrían enterado.

—No lo creo —dijo Abby pensando que Alejandro no parecía hombre de ir contando ese tipo de cosas por ahí—. Entonces, ¿por qué le tienes miedo? Sé que no es por Lauren.

—¿Cómo lo sabes? —insistió Edward—. No sabes nada de nosotros ni de los problemas que tenemos. ¿Sabías, por ejemplo, que Lauren está desesperada por tener un hijo? Para esta gente, la familia es muy importante. Llevamos dos años intentándolo y no hemos tenido suerte.

Abby recordó las palabras de su cuñada y comprendió que no tenían nada que ver con Alejandro.

–Creo que por eso pasa tanto tiempo con Varga. ¿Quién me dice a mí que no se acuesta con él para quedarse embarazada?

–¡No digas tonterías!

Abby sintió que toda aquella situación no tenía ni pies ni cabeza. Alejandro le había asegurado que no estaba interesado en Lauren, pero, ¿podía creerlo? ¿Podía confiar en Alejandro cuando no podía hacerlo ni en su propio hermano?

–No son tonterías. Ese canalla me odia. ¿Qué te ha contado?

–Te importa poco lo que me haya contado –protestó Abby–. Tú solo quieres que me acueste con él, pero no es por Lauren, ¿verdad? ¿Cuánto le debes, Edward? Dímelo, me voy a enterar de todas formas –añadió sintiendo náuseas.

–Ya te he dicho que no le debo ni un centavo –le aseguró su hermano–. Sí, bueno, le pedí que me prestara algo, pero no lo hizo.

–Y, entonces, se te ocurrió que si me... –no pudo terminar la frase–. Que así te prestaría el dinero, ¿verdad? ¿No te das cuenta de que un hombre como Alejandro no paga por acostarse con una mujer? –le echó en cara sin poder mirarlo a los ojos–.

Además, ¿no fuiste tú quien me dijo que estaba casado para que no me hiciera ilusiones con él?

–Creí que te hacía un favor –contestó Edward encogiéndose de hombros–. ¿A qué viene eso ahora?

–Utilizas a la gente, Eddie. No querías que tuviera una relación con Alejandro, así que le dijiste que estaba prometida, ¿verdad? Le hiciste creer que no me interesaba.

–Y no te interesaba.

–¿Cómo lo sabías? No pensaste en mí en ningún momento –le dijo sintiendo un terrible frío en su interior–. Solo en ti, en lo que era mejor para ti. ¿Por qué, Eddie? ¿Temiste tenerme demasiado cerca? ¿Temiste que te estuviera vigilando todo el día?

–No fue así de sencillo –se defendió Edward–. Era una nueva vida para mí y no quería... no quería que...

–¿Te la estropeara? –dijo Abby enfadada y dolida–. Pero ahora me necesitas y no dudas en recurrir a mí, ¿eh?

–No...

–Sí –dijo Abby–. Me das asco, Eddie, de verdad –añadió–. Cuando hace dos años te pusiste a jugar con mi vida, estaba embarazada, ¿sabes? ¡Estaba esperando un hijo de

Alejandro!

–¡No!

Había sido una voz a sus espaldas y, durante un segundo Abby creyó que era él, pero pronto se dio cuenta de que era de una mujer.

–Lauren, no me había dado cuenta de que estabas ahí...

–Es obvio que no –dijo su cuñada mirando a su hermano.

–¿Cuánto tiempo llevas escuchando? –dijo Edward poniéndose en pie y dedicando una mirada asesina a Abby–. No sé qué habrás oído, pero no hagas ni caso. Mi hermana está un poco nerviosa porque se tiene que volver a casa.

Lauren lo ignoró y miró a su cuñada.

–Has dicho que estabas esperando un hijo de Alejandro. No sabía que conocieras tan bien al primo de mi madre.

–Y no se conocen –le aseguró Edward–. Debieron de acostarse la noche de nuestra boda.

Abby sintió una punzada de dolor al oír a su hermano hablar así de su relación con Alejandro, pero, al fin y al cabo, era cierto.

–Fue un error –dijo para no estropear todavía más el matrimonio de su hermano. No quería tener aquello sobre su conciencia–. Nunca debió de haber sucedido. Perdí el bebé a las pocas semanas.

Lauren se llevó las manos a la boca.

–Oh, Abby, lo siento mucho –dijo con lágrimas en los ojos–. Debiste de sufrir mucho.

–No fue para tanto –mintió–. Peor habría sido tener que criarlo sola.

–Claro –asintió Lauren–. Ahora entiendo por qué rompiste con tu prometido. Edward nunca me explicó las causas.

Abby tuvo que hacer un esfuerzo para no contar la verdad.

–Si me perdonáis –dijo sin mirar a su hermano–, tengo que ir a hacer las maletas. Me vuelvo esta tarde a Inglaterra.

–¿Y Alejandro? Tienes que decírselo. Merece saber la verdad, Abby.

–¡No! –exclamó Abby.

–¡No! –exclamó Edward a la vez–. Varga no debe enterarse nunca. ¿No comprendes que jamás le perdonaría que no se lo hubiera dicho?

–Creo que temes que te echara a ti la culpa –le dijo a su marido–. Venía a decirte, precisamente, que han arrestado a los hombres que entraron en casa. Alejandro se enteró de que debías dinero a unos tipos de Hialeah Park y sospechó de ellos. Gracias a su ayuda, la policía ha dado con ellos.

Capítulo Quince

Al llegar a Londres, Abby tomó un taxi para llegar a su minúsculo piso de Notting Hill. Se dijo que lo había hecho porque era muy temprano, Ross estaría dormido y no quería despertarlo, pero, en realidad, sabía que era porque no le apetecía que la fuera a buscar al aeropuerto y tener que hablar con él sobre cosas sin importancia la hora que había de trayecto.

No le había dicho cuándo se iba de Florida. No porque no lo supiera sino porque no quería verlo. Tenía que planear antes cómo romper su compromiso. No iba a ser fácil, pero debía hacerlo.

«Las cosas han cambiado», pensó mientras pagaba al taxista y buscaba las llaves de casa en el bolso. No era solo el alivio de que Lauren supiera los problemas de Edward con el juego o que Alejandro lo supiera todo desde el principio, sino que se había dado cuenta de que lo que sentía por él no iba a ninguna parte.

Era obvio que la despreciaba. Alejandro creía que la única razón por la que le había permitido tocarla era que quería salvarle el pellejo a su hermano. Era demasiado tarde para decirle que no estaba pensando en Edward cuando lo había besado.

Toda su relación había estado marcada por mentiras y verdades a medias. Aunque le dijera, para variar, la verdad no la creería.

Lauren le había suplicado que no se fuera sin hablar con él tras confesar que lo veía tan a menudo y lo quería tanto porque le estaba pagando un tratamiento de ayuda para quedarse embarazada. No le había dicho nada ni a sus padres ni a su marido para no preocuparlos, pero estaba desesperada por tener un hijo.

Había sido un gran alivio saber que Lauren seguía queriendo a su hermano a pesar de sus defectos. Le había dicho que le iba a pedir dinero a su padre para pagar sus deudas de juego y, aunque Abby sospechaba que a su hermano le esperaban tiempos difíciles, se alegraba de que fuera así porque seguro que le harían madurar y aprender.

Abrió la puerta de su casa y se sorprendió al ver que no había una pila de cartas esperándola en el suelo y al oír la radio. Cuando Ross asomó la cabeza desde la cocina, ya se había dado cuenta de que había alguien en su casa.

—Sorpresa, sorpresa —dijo sonriente—. Hoy entro más tarde.

Abby dejó la maleta en el suelo y tuvo la desagradable sensación de ser una extraña en su propia casa.

¿Cómo había entrado? Que ella supiera, no tenía llaves.

—¿Qué pasa? —dijo yendo hacia ella con los brazos abiertos—. Creí que te iba a hacer ilusión. Hay café recién hecho y pan y beicon haciéndose.

Abby no pudo ocultar su asco. En el avión le habían ofrecido huevos revueltos con beicon y tampoco había sido capaz de comérselos. Además, no estaba preparada para aquel encuentro.

—Vaya, ¿no te encuentras bien? —dijo Ross—. ¿Has tenido un mal viaje? Las turbulencias sobre el Atlántico son terribles, ¿verdad? Recuerdo una vez, viniendo de Nueva York que...

—¿Cómo has entrado? —lo interrumpió.

—Con mi llave, por supuesto —contestó Ross—. Hablé con tu hermano y decidí dormir aquí.

—¿Has dormido aquí? ¿Y de dónde has sacado la llave? Nunca te he dado una.

—No, bueno, como supuse que se te había olvidado, me hice una hace unas semanas –contestó Ross–. ¿A que te alegras? Habría sido horrible volver y encontrarte la casa vacía, ¿no?

«No, habría sido una maravilla», pensó Abby.

–¿Has hablado con Edward? –le preguntó.

–Anoche –contestó Ross–. Llamé para hablar contigo, pero tu hermano me dijo que estabas de camino al aeropuerto. Por eso, decidí venir a darte una sorpresa.

–No deberías haberte molestado –dijo Abby intentando controlar su enfado. Al fin y al cabo, la única responsable del lío de vida que tenía era ella.

–Quítate la cazadora –dijo Ross decidiendo que era mejor no tentar a la suerte mostrándose demasiado afectuoso–. ¿Quieres una taza de café?

–Ahora, no –contestó Abby–. Por una parte, me alegro de que estés aquí porque tenemos que hablar.

–Uy, ahora no nos va a dar tiempo de que me cuentes tu viaje, ¿sabes? Desayunamos juntos y me tengo que ir volando porque...

–¡Ross, por favor! –lo interrumpió Abby deseando que se callara.

–Voy por el café...

–¡No!

–¿No? –dijo confundido–. Vaya, no me digas que has perdido el anillo de pedida –añadió al ver que no lo llevaba–. Era muy caro y lo sabes. Tendrías que haber tenido más cuidado...

–No lo he perdido –gritó rebuscando en su bolso y sacándolo–. Aquí lo tienes. Lo siento, Ross, creo que es mejor que te lo devuelva.

–No lo dirás en serio. Estás cansada y no sabes lo que dices...

–Sí sé lo que digo –dijo Abby muy segura de sí misma–. Lo he estado pensando mucho y no puedo cambiar mis sentimientos. No me puedo casar contigo, Ross. Lo siento.

–Ha sido tu hermano, ¿verdad? –dijo Ross enfadado–. No debería haberte dejado ir.

–Tú no eres quién para decirme a mí dónde puedo y no puedo ir –le aclaró Abby–. Edward había tenido un accidente, estaba herido y quería ir a verlo.

–Y ha resultado que todo era una exageración –dijo Ross con sarcasmo–. ¡Abby, por Dios, no digas tonterías! Estamos hechos el uno para el otro. Venimos de la misma clase social, nos gustan las mismas cosas y trabajamos en lo mismo.

¡Qué deprimente le sonó aquello! Tal vez, nunca encontrara a otro hombre tan paciente como Ross ni a otro hombre dispuesto a quererla aunque no pudiera tener hijos, pero aquella era su desgracia, no la de él.

Lo cierto era que no lo quería.

Mirando atrás, pensó que hacía tiempo que lo sabía. Ver a Alejandro se lo había corroborado. Se había intentado engañar diciéndose que lo que una vez había sentido por él había muerto con su hijo, pero ahora sabía que no era cierto.

Nunca había dejado de amarlo.

—Lo siento —repitió dejando el anillo en la mesa—. Me encantaría poder echarle la culpa a Eddie, pero no sería cierto, Ross. Mi hermano no tiene nada que ver con esta decisión. Creí que te quería, pero no es así. Me gustas, me caes muy bien, pero eso no es suficiente para casarse.

Ross la miró y se guardó el anillo en el bolsillo.

—¿Y ahora qué? ¿Vas a volver a Florida? Seguro que tu hermano te ha convencido para que vayas allí con él.

—Claro que no —contestó Abby preguntándose si alguna vez volvería a Florida—.

Volveré a trabajar la semana que viene. Espero verte en la sala de profesores y que podamos ser amigos.

–¿Vas a volver al colegio? –preguntó Ross sorprendido–. Claro que podemos seguir siendo amigos –le aseguró.

–Bien.

Abby sintió un gran alivio, pero tuvo la sensación de que Ross no había perdido las esperanzas de que aquello hubiera sido solo un capricho pasajero.

Cuando Ross se fue, Abby puso una lavadora, subió a su habitación y cambió las sábanas. Aunque fuera una chiquillada, no le apetecía tumbarse en las mismas sábanas en las que había dormido Ross. Quería empezar de cero.

Durante los días siguientes, intentó rehacer su vida. Volver al trabajo la ayudó y pronto se vio metida de nuevo en el día a día del colegio.

Solo en los momentos en los que estaba sola y por las noches, al meterse en la cama, sucumbía a sus sentimientos y se imaginaba embarazada de Alejandro de nuevo. Entonces, deseaba haber tenido aquel hijo porque así, al menos, habría podido amar a una parte de él.

Como sospechaba, Ross se comportaba como si fuera a cambiar de opinión tarde o temprano y fuera a casarse con él al final.

Una tarde de finales de abril, al salir del colegio, se encontró con que la estaba esperando. Se había quedado más tarde porque tenía una reunión con los padres de un alumno.

Era primavera y los almendros estaban empezando a florecer, hacía buen tiempo y quería volver a casa dando un paseo por el parque.

—¿Qué tal todo? —le preguntó Ross—. ¿Con quién tenías una reunión?

—Con los padres de Shelly Lawson —contestó Abby deseando que la dejara en paz—. ¿Y tú qué haces por aquí? ¿También tenías una reunión?

—No te hagas la tonta —contestó señalando su coche—. Te invito a un café.

—Ross... —suspiró Abby.

—Ya sé lo que me vas a decir y sé que no tengo derecho a creer que te ibas a alegrar de verme, pero, por Dios, Abby, ¿cuánto tiempo más va a durar esto? ¡Ya han pasado cinco semanas!...

—Vete a casa, Ross —le aconsejó Abby sacudiendo la cabeza—. Nos vemos mañana.

—¡No! —exclamó Ross sorprendiéndola y agarrándola del brazo—. Creo que he tenido paciencia, pero ya va siendo hora de que acabes con esta tontería. No pienso permitir que me des de lado como a un juguete roto.

—Ross, ¿qué haces? Me estás haciendo daño.

—¿Y qué esperabas? Cuando haces daño a una persona, esa persona te hará daño también. Me has hecho quedar como a un idiota, Abby, y me pienso defender. Te vas a venir a casa conmigo y vamos a solucionar esta situación.

—No.

—Sí —dijo Ross arrastrándola hacia su coche—. Encima, da las gracias. Ningún otro hombre se ha acercado a ti desde que tu hermano se fue a Estados Unidos para casarse con esa niña de papá. Deberías darme las gracias por haber tenido piedad de ti.

Abby lo miró con la boca abierta y vio una enorme sombra que se había proyectado sobre el pavimento a sus espaldas.

—¿Ocurre algo, Abigail? —dijo una voz inconfundible.

Abby consiguió que Ross la soltara y se giró para encontrarse con Alejandro. Aunque tenía barba de tres días y ojeras, jamás le había parecido más guapo.

—¿Quién diablos es este? —le espetó Ross.

—Soy el primo de la madre de la niña de papá que se casó con el hermano de Abigail —contestó Alejandro—. Y usted debe de ser...

—El prometido de Abby —ladró Ross.

—Mi ex prometido —lo corrigió ella—. Te pido perdón en su nombre —añadió girándose hacia Alejandro—. Ross no suele ser así de maleducado. Ha tenido un mal día.

Alejandro la miró con intensidad.

—¿Y tú, preciosa? ¿También has tenido un mal día?

—Un día muy largo, sí —contestó Abby nerviosa—. ¿Qué haces aquí? ¿Te ha pedido Eddie que vengas a verme? No habrá ocurrido nada...

—A tu hermano, no —la tranquilizó Alejandro—. Ya anda y volverá al trabajo en unas semanas. He ido a tu casa y, al ver que no estabas, pregunté a uno de tus vecinos y me dijo dónde trabajabas.

—¿Ha ido a su casa? —preguntó Ross—. No sé quién es usted, amigo, pero no tiene ningún derecho a presentarse en casa de Abby sin avisar.

—No soy su amigo —dijo Alejandro— y sospecho que, dado que la señorita Leighton estaba intentando zafarse de usted cuando he llegado, usted tampoco lo es. En cualquier caso, me ha parecido oír que ya no es su prometido, así que, ¿por qué no sigue su consejo y se va a casa?

Ross dio un resoplido y echó los hombros hacia atrás.

–¿Y si no me da la gana? –lo retó–. ¿Qué?

–Por favor, Ross –intervino Abby–. Ya hablaremos mañana. Alejandro es un viejo amigo.

–¿Desde cuándo? –dijo Ross enarcando una ceja–. ¿Por qué no me habías hablado jamás de él? ¿Lo conociste en la boda de tu hermano?

–Sí –suspiró Abby–. Ross, por favor, no es asunto tuyo. Vete a casa.

–¿Os conocéis bien? Espero tener derecho a saber, por lo menos, eso.

–Creo que ya ha hecho suficientes preguntas –intervino Alejandro–. Si Abigail y yo nos conocemos poco o mucho es asunto nuestro, no suyo.

–Lo es en el momento en el que sospecho que podría ser usted el canalla que la dejó embarazada y la abandonó –le espetó Ross dejando a Abby helada–. Sí, veo que no sabía usted nada. Se supone que yo tampoco lo debería saber, pero lo sé porque no soy tonto, ¿sabe? Después de volver de la boda de Edward, se pasó una semana ingresada en ginecología. Creo que perdió al niño. Ella no me lo ha contado nunca, solo me dijo que no podía tener hijos. A mí me dio igual porque no quiero tenerlos. Ya tengo bastantes niños a mi cargo en el colegio.

Capítulo Dieciseis

Abby no quería seguir escuchando. Se quería morir. Quería que la tragara la tierra.

No quería ver la cara de espanto de Alejandro ni tener que defenderse ante él.

Se giró y cruzó la calle a la carrera. Oía a Ross llamándola, pero no se giró. Era el ser más repugnante del mundo. ¿Cómo podía haberse planteado compartir su vida con él?

Llegó al parque y corrió por el camino que llevaba a su casa. Si conseguía llegar a ella, estaría salvada.

Aunque Ross tenía llave, no creía que fuera a seguirla y en cuanto a Alejandro... probablemente estaría tan estupefacto, que no habría reaccionado aún. Cuando lo hiciera, seguramente, la tendría por la mayor traidora del mundo.

Era cierto que estaba casado cuando se acostó con ella, pero Edward le había dicho que estaba separado de facto.

Si lo hubiera sabido entonces, ¿le habría dicho que esperaba un hijo suyo?

Probablemente, no. Al fin y al cabo, Alejandro no había querido volverla a ver. Para él, lo suyo solo había sido una aventura de una noche.

¿Estaría enfadado? ¿La odiaría?

Asombrosamente, consiguió llegar a casa sin problemas. Entró y se apresuró a ponerse una taza de té con manos temblorosas.

Tenía que corregir exámenes, pero en el estado en el que estaba no podía, así que se acurrucó en el sofá e intentó no pensar en el futuro.

Llevaba así una hora cuando llamaron a la puerta.

—¿Quién es?

—¿Abigail?

Era Alejandro y se dio cuenta de que se alegraba de su llegada. ¿Por qué? No lo sabía, ya que después de la escenita con Ross cualquier posibilidad de tener una relación civilizada con él se había esfumado.

Aun así, tenía que abrir la puerta. No podía dejarlo en la calle después de que se hubiera tomado la molestia de ir hasta allí.

Se secó las lágrimas y abrió la puerta.

—¿Puedo pasar?

—Por supuesto —contestó Abby dándose cuenta de que no estaba enfadado—. Qué sorpresa

–Sí, pero me temo que no muy agradable. ¿Está por aquí el monstruo ese?

–No, no está –contestó triste al darse cuenta de que no había ido a verla a ella–. ¿Por qué crees que iba a estar aquí?

–Porque su coche está abajo.

–¿Su coche está abajo? –repitió Abby perpleja.

–Sí, supongo que cree que así impedirá que nos veamos. Tu prometido tiene pinta de no darse por vencido con facilidad.

–No es mi prometido –insistió Abby.

Alejandro se encogió de hombros.

–No está aquí –repitió–. Perdona si lo que dijo antes te molestó. Se suponía que no debías enterarte nunca. Sé que debería habértelo dicho, pero creí que eras un hombre felizmente casado.

–Lo creías porque así te lo hizo creer tu hermano, ¿verdad? A mí también me mintió cuando le dije que quería volver a verte.

–¿Querías volver a verme? –dijo Abby anonadada.

–Pues claro, quería venir a Inglaterra y volver a verte. Edward lo sabía porque yo se lo dije, pero él se limitó a... reírse en mi cara.

–¿Mi hermano se rio de ti?

–Sí, me dijo que estaba seguro de que no

querrías verme porque tenías novio y te ibas a casar, que no querrías que apareciera y te complicara la vida.

—Nunca me dijo que quisieras verme —dijo Abby en voz baja—. Pero estabas casado, ¿verdad? En eso no me mintió.

—Solo te dijo una verdad a medias —contestó Alejandro—. En su boda, María y yo ya habíamos pedido el divorcio. Los Esquival lo sabían, así que me extraña que Edward no lo supiera también.

—Puede que lo supiera, sí —dijo Abby pasándose la mano por el pelo—. No sabía ni que hubiera hablado contigo. Le pregunté por ti y solo me dijo que estabas casado.

Alejandro maldijo.

—Así que yo creyendo que tu comportamiento no tenía justificación y tú creyendo lo mismo de mí —dijo pálido.

—Supongo que sí —murmuró Abby incapaz de asimilar todo aquello—. Siéntate —añadió al darse cuenta de que estaban de pie.

—Gracias —contestó Alejandro tomando asiento en el sofá—. Perdona, pero estoy cansado. El vuelo es muy largo y estoy pagando las consecuencias de no haber dormido en veinticuatro horas.

–¿Quieres beber algo? ¿Te traigo algo?

–No, siéntate conmigo –contestó desabrochándose la cazadora–. Ya me encuentro mucho mejor –añadió esbozando una sonrisa.

Abby se fijó en que tenía unas terribles ojeras.

¿Qué le habría dicho Edward? ¿Habría creído Alejandro que solo había estado jugando con él?

–¿No te sientas conmigo? –insistió.

Abby no quería sentarse a su lado porque tenía la cabeza hecha un lío y no sabía cómo debía actuar, así que se sentó en el brazo de la butaca que había enfrente e intentó tranquilizarse.

Era obvio que había ido a verla, pero, ¿sería para dejarle claro que entre ellos no había nada o porque quería algo más?

No le dio tiempo a preguntárselo.

–No te culpo por no fiarte de mí –le dijo–. Me gustaría saber qué pensaste de mí tras la boda de tu hermano. Supongo que creerías que no habías sido más que una distracción. ¿Creíste que te seduje para pasar un buen rato? ¿Creíste que te llevé a casa de mi padre y te hice el amor solo para demostrarte que podía hacer contigo lo que quisiera? No fue así, Abigail. No sé qué te habrán dicho, pero te aseguro que no soy así.

–Lo sé –murmuró Abby–. Quiero que sepas que entonces no estaba prometida con nadie. Ross ha sido el único hombre con el que he tenido planes de boda y empecé a salir con él después de conocerte.

–¡Dios mío! –exclamó Alejandro–. No me extraña que me odiaras. No me extrañaría que me siguieras odiando.

–No, sabes que no es así –contestó Abby levantándose de la butaca.

–¿Por qué?

–Por lo que pasó … en el barco.

–Ah, sí. Deberíamos aclarar primero eso y, luego, hablar de lo realmente importante, ¿te parece?

–Si quieres –dijo Abby tragando saliva–. Si no te importa, voy a preparar un poco de té –añadió dirigiéndose a la cocina.

–Bien –contestó Alejandro levantándose.

–No, no hace falta que me acompañes –le dijo nerviosa–. Quédate aquí y descansa.

–No me pidas que me quede aquí como si fuera un amante desdeñado. Deja que vaya contigo. Prometo no molestar.

Abby sintió que le daba vueltas la cabeza. Debía controlarse. El hecho de que Alejandro estuviera allí no significaba que todos sus problemas se hubieran resuelto.

–Muy bien –contestó encogiéndose de hombros–, pero te advierto que mi cocina no es como a las que tú estás acostumbrado.

–¿Crees que me importa eso? –dijo apartándole un mechón de pelo de la cara–. No vas a llorar más, ¿verdad? Sé que Ross te ha hecho mucho daño con sus palabras, pero tengo que decir en su defensa que creo que te quiere mucho.

–Yo también le he hecho daño –contestó Abby en un hilo de voz–. No es mala persona, pero... bueno, prefiero no hablar de él en estos momentos.

–Entiendo –dijo Alejandro apartando la mano y apretando los dientes.

Abby se dijo que así era mejor. No quería que hubiera malentendidos. Había ido a Inglaterra a verla, sí, pero, ¿por qué había tardado tanto?

–¿Llevas mucho tiempo viviendo aquí? –le preguntó una vez en la cocina mientras Abby ponía la tetera a hervir.

–Desde que Edward se fue a Estados Unidos.

–¿Y Ross también vivía aquí?

–¡No! –exclamó–. Él tiene su casa.

–¿Lo sigues queriendo... aunque no estés

con él? –aventuró.

–No estoy con él porque no lo quiero –contestó alegrándose de que el agua ya estuviera hirviendo–. ¿Con azúcar?

–¿Sabes por qué la noche del barco estaba tan enfadado? –dijo Alejandro de repente–. Porque creía que estabas allí única y exclusivamente porque tu hermano te lo había pedido.

–Fue por eso por lo que acepté tu invitación –contestó dejando la tetera en la bandeja–. Pero, bueno, eso ya lo sabes. Por eso, decidiste darme una lección, ¿no?

–¿Crees eso? –exclamó Alejandro.

–No te culpo –le aseguró Abby–. Entonces, solo sospechaba que Eddie no me estaba diciendo toda la verdad. Al final, conseguí que me lo contara todo, pero, desgraciadamente, ya era demasiado tarde para decírtelo.

Alejandro enarcó las cejas.

–Pero te fuiste al día siguiente –protestó–. Cuando fui a buscarte, te habías ido y tu hermano me dijo muy ufano que le daba igual lo que te hubiera contado porque ya no me necesitaba para nada. Luis, pobre diablo, le ha pagado sus deudas, ¿sabes? Lo ha hecho por su hija y por el niño que espera.

–¿Lauren está embarazada?

–Gracias a Dios y a la clínica de inseminación artificial, sí –contestó Alejandro–. Luis está tan contento por ella que no le ha podido negar nada, ni siquiera ayudar a su marido, que es un yerno desagradecido.

–Me alegro mucho por ella –dijo Abby–. Por los dos. ¿Cuándo se han enterado?

Alejandro se encogió de hombros.

–Lauren lo sabía hacía unas semanas, pero quería estar segura antes de decírselo a todo el mundo.

–Normal.

–En cualquier caso, no he venido a hablar de ellos –dijo de pronto agarrando la bandeja.

–Deja, ya la llevo yo –dijo Abby agarrándola también.

–¿Y si no quiero? No te va a dar resultado, ¿sabes? ¿Cuánto tiempo crees que vas a poder mantener las distancias conmigo? He venido a verte. A ti y solo a ti. He venido porque quiero hablar contigo y preguntarte si estás dispuesta a darme otra oportunidad.

–¿Otra oportunidad? –dijo Abby mirándolo anonadada–. ¿Por qué has tardado tanto?

–¿Tú qué crees?

–¿Por Edward?

–Claro –contestó Alejandro–. Creía que seguías prometida con Ross. Llevabas un anillo de pedida.

–¿Y cómo te enteraste...?

–¿De que habías roto el compromiso? –sonrió Alejandro–. Porque tu hermano, creo que incitado por Lauren, me lo dijo ayer. Ayer, Abby, ayer, ¿entiendes? Hasta ayer creía que me odiabas.

–Nunca te he odiado –le aseguró Abby–. Oh, Alejandro, no sé qué decir.

–Yo, tampoco –dijo él acariciándole la mejilla–. ¿Me podrás perdonar?

–¿Por qué?

–Por no haber estado a tu lado cuando me necesitaste –contestó haciéndola suspirar.

–Pero si no lo sabías...

–No sé, tal vez tendría que haber insistido un poco más, haber venido a Inglaterra a verte...

–¿Después de lo que te había dicho mi hermano? –dijo Abby con tristeza–. Creo que estaba harto de mí. Desde que murió nuestro padre, he sido casi su madre y me parece que ya no podía más. Quería estar solo.

–Tú lo conoces bien, pero yo, no. Cometí

el error de creer que tú eras como él. Por eso, cuando volviste a Florida, solo quería hacerte daño... como tú me lo habías hecho a mí. ¡Pobre de mí!

–Alejandro...

–No, escúchame, quiero que lo sepas todo –dijo tomando aire–. Verás, no era la primera vez que tu hermano tenía deudas. Hace un año, lo ayudé porque Lauren me lo pidió, pero en esta última ocasión, me negué.

–¿Te devolvió el dinero? –preguntó Abby preocupada.

–Eso da igual.

–No, no da igual. ¿Te lo devolvió? –insistió.

–Una parte –admitió–, pero no fue por eso sino porque Edward tenía que darse cuenta de que estaba viviendo por encima de sus posibilidades.

–Tú conocías a los matones del hipódromo, ¿verdad? Sabías que habían sido ellos los que habían entrado en su casa...

–Cuando me contaste lo que había pasado, sospeché de ellos, sí –contestó acariciándole la muñeca.

–Te tendría que haber contado lo del bebé –dijo Abby sin poder pensar en otra cosa–. Quería decírtelo, pero, ya sabes...

creía que estabas casado. Tuve un aborto y... ya no había nada que contar –sollozó.

–Y yo sin saber nada –dijo Alejandro–. Edward me lo tendría que haber dicho.

–No lo sabía. No lo sabía nadie. Tal vez, si hubiera confiado en él, mi hermano habría terminado contándotelo –contestó Abby–. No fue culpa suya que no te enteraras. Pobrecito, ha hecho muchas cosas malas, pero se las perdono todas porque es mi hermano.

–Espero que a mí también me perdones –dijo Alejandro tomándole las manos.

–No tengo nada que perdonarte –contestó Abby dándose cuenta de que estaban a escasos milímetros y de que su corazón latía aceleradamente–. Además, ahora que sabes la verdad, te habrás dado cuenta de que no tenemos futuro juntos.

–¿Qué? –la increpó nervioso–. ¿Cómo que no? Pero creí que te importaba tanto como me importas tú a mí.

–Y así es...

–¿Entonces?

–Espera –dijo Abby con dificultad–. Lo más importante no son mis sentimientos.

–¿Ah, no? –dijo Alejandro sorprendido–. No tengas dudas sobre los míos, Abigail. Te quiero. Te he querido desde aquella mañana en la que te conocí en la piscina de los Esquival.

Abby cerró los ojos.

–Olvidas que no puedo tener hijos. Yo también te quiero, pero sé que quieres tener familia. Cuando Ross te lo ha dicho, te has quedado helado, lo he visto en tu cara –contestó intentando zafarse de sus manos.

–¿Qué has visto? ¿Decepción o, más bien, dolor por tu sufrimiento? Dime de verdad lo que viste en mis ojos.

–Has tardado más de una hora en venir a buscarme –le reprochó.

–¿Te crees que a mí no me ha dolido? He necesitado tiempo para reponerme, pero eso no quiere decir que no te quiera. Todo lo contrario.

Abby negó con la cabeza.

–No sé si puedo confiar en ti.

–¿Por qué no? –dijo Alejandro abrazándola con fuerza–. Por Dios, Abigail. Eres mi vida, mi futuro, eres lo único que quiero en el mundo. Jamás me podría casar con otra mujer sabiendo que tú también me quieres.

Unas horas después, Abby abrió los ojos y vio a Alejandro dormido a su lado bajo las sábanas revueltas.

Estaba agotado, pero había aguantado despierto un buen rato para demostrarle haciéndole el amor que era cierto que la quería.

En prueba de su amor, también le había asegurado que le daba igual que no pudiera tener hijos, que estaba dispuesto a adoptarlos y que lo único que necesitaba en la vida era a ella.

—¿En qué piensas? —le preguntó mirándola medio dormido.

—En lo mucho que te quiero —contestó Abby sinceramente— y en que esta cama es muy pequeña para ti.

—Es perfecta —dijo Alejandro apoyando la cabeza en su pecho—. Espero que no sea una indirecta para que me vaya al hotel porque son las... dos de la madrugada y estoy muy bien aquí.

—No pensaba echarte, tonto —sonrió Abby acariciándole el pelo—. Me cuesta creer que todo esto sea realidad.

—Pues créetelo. A partir de ahora, vamos a pasar todas las noches juntos.

—Oh, Alejandro —dijo Abby besándolo con ardor.

—Te amo, amor mío —murmuró—. No sabes cuánto te quiero. Eres mi alma gemela, mi razón para vivir.

Epílogo

Abby y Lauren estaban en la bañera de hidromasaje cuando Alejandro llegó a casa. –Qué pronto llega tu marido –dijo su cuñada al oír el coche.

–Sí, suele llegar siempre pronto –contestó Abby a sabiendas de que Alejandro se moría sin ella.

–Espero no interrumpir –sonrió entrando y quitándose la corbata–. ¿Me puedo bañar con vosotras? –añadió acercándose a su mujer y dándole un provocativo beso en el hombro desnudo.

–Me voy a ir –anunció Lauren dándose cuenta de que querían quedarse a solas–. Supongo que Katie ya se habrá despertado de la siesta y quiero darle la merienda –añadió esperando a que Alejandro se fuera para salir de la bañera y secarse.

–Me voy a poner cómodo –dijo dirigiéndose a la puerta.

En ese momento, el llanto de un bebé llegó hasta sus oídos.

–No –dijo ya en el pasillo.

–Sí –contestó Abby saliendo de la

bañera, enrollándose en una toalla a toda velocidad y dirigiéndose al vestíbulo.

–No me digas que te vas a poner a darle de comer ahora. Te quiero toda para mí –dijo Alejandro abrazándola.

–Es menos de media hora –contestó Abby–. Suéltame, que se me va a caer la toalla –rio.

–No pienso soltarte. ¡Quiero hacer el amor contigo!

–Y yo también, pero Antonio tiene hambre.

–Qué suerte tienen algunos –bromeó Alejandro.

–Supongo que te refieres a nosotros por tenerlo.

–Claro que sí, pero, si no te hubieras mostrado tan segura de no poder tener hijos, te aseguro que habríamos tomado más precauciones. No entraba en mis planes tener un niño al año y medio de habernos casado.

–Pero te alegras de haberlo tenido, ¿verdad?

–Ha sido lo más maravilloso del mundo.

El niño en cuestión volvió a gritar reclamando su comida.

–No tardaré –prometió Abby a su marido corriendo hacia Antonio.

–Más te vale –sonrió Alejandro con picardía–. Voy a acompañar a Lauren.

–Por cierto, me ha dicho que Edward ha terminado de pagar todas sus deudas. Parece que Luis ha resultado ser un hueso muy duro de roer.

–Me alegro, es una buena noticia –dijo Alejandro–. Ve a darle el pecho a nuestro hijo, que parece tan impaciente como yo por tenerte cerca –añadió ante los gritos del niño–. Te quiero, amor mío.

–Yo también te quiero –contestó Abby subiendo las escaleras.